상상력과 묘사가 필요한 당신에게

상상력과 묘사가 필요한 당신에게

2019년 9월 23일 초판 1쇄 펴냄
2021년 10월 15일 초판 2쇄 펴냄

펴낸곳 도서출판 **삼인**

지은이 조동범
펴낸이 신길순

등록 1996.9.16 제25100-2012-000046호
주소 03716 서울시 서대문구 성산로 312 북산빌딩 1층

전화 (02) 322-1845
팩스 (02) 322-1846
전자우편 saminbooks@naver.com

디자인 디자인 지폴리
인쇄 수이북스
제책 은정제책

©2019, 조동범
ISBN 978-89-6436-169-6 03800

이 도서는 한국출판문화산업진흥원의 '2019년 출판콘텐츠 창작지원사업'의 일환으로
국민체육진흥기금을 지원받아 제작되었습니다.

값 13,500원

우리 모두를 위한 창의적 글쓰기

상상력과
묘사가
필요한
당신에게

조동범 지음

삼인

0.

글쓰기의 처음과
당신의 문장

글쓰기가
두려운 당신에게

많은 사람들이 글을 잘 쓰고 싶어 한다. 그러나 글을 잘 쓰고 싶은 바람과는 달리 상당수의 사람들은 글을 쓰는 것에 상당한 부담감을 느낀다. 그렇다면 글을 쓰는 것에 어려움을 느끼는 사람들의 문제는 과연 무엇일까? 단순히 '쓰기의 문제'일까? 많은 사람들이 글쓰기의 문제를 단순하게 '쓰기'의 문제로만 생각하는데 사실 '쓰기'의 문제는 글을 쓰는 어려움의 본질이 아니다. 대부분의 사람은 이미 글을 쓰는 데 필요한 기본적인 문장력과 표현력을 가지고 있다. 따라서 글을 쓰는 행위 자체는 그리 큰 문제가 아니다. 오히려 글을 쓰기 힘든 이유는 다른 곳에 있다.

우리가 글을 쓰는 데 어려움을 느끼는 진짜 이유는 글을 '쓴다'는 행위가 아니라 글을 쓰는 것에 대한 두려움 때문이다. 그러니까 무엇을 어떻게 써야 하는지에 대한 부담감 때문에 글쓰기를 무서워하는 것이다. 그렇다면 왜 '쓰는' 것에 대해 두려운 마음을 가지게 되는 것일까? 생각해보니 조금 이상하다. 글을 쓸 수 있는 기본적인 문장력과 표현력을 이미 갖추고 있는데 글을 쓰는 것에 어려움을 느낀다니 말이다. 하지만 괜찮은 문장을 쓸 수 있는데도 한 편의 글을 완성하는 것에 대해 어려움을 겪는 사람들은 의외로 많다. 여러 가지 이유가 있겠지만 그중에서 우리를 가장 힘들게 하는 것은 상상력과 묘사이다. 특히 상상력의 경우는 특별히 타고난 능력이라고 많이 생각한다. 하지만 상상력 역시 글쓰기의 다른 영역과 마찬가지로 훈련을 통해 얼마든지 확장할 수 있다.

멋진 상상력을 감각적인 문장으로 표현하고 싶은데 마음과는 달리 자꾸만 진부한 표현이 나온다거나, 러시아워의 도로처럼 상상력이 꽉 막힌 채 한 치도 움직이지 않을 때, 여러분은 글쓰기에 좌절할 것이다. 우리는 그동안 글쓰기를 예쁘게 꾸며 쓰는 것으로 보거나 감정적인 것으로 생각했다. 그리고 글을 쓰기 위해서 특별한 노력을 기울이지 않고 그저 마음이 가는 대로 편하게 쓰려고 했다. 글을 쓸 때 많은 사람들이 뻔한 표현으로 문장을 그저 예쁘게만 꾸미려고 하는 경향이 있다. 문제는 그러면 그럴수록 글은 상투적이고 진부하게 된다는 것이다. 바로 이런 점 때문에 좋은 글을 쓸 수 없는 것이다. 상상력과 묘사는 이런 방식의 글쓰기를 통해 얻을 수 없다.

사실 글을 쓰는 데 필요한 기본적인 재능은 대부분의 사람이 가지고 있다. 다만 좋은 글이 어떤 것인지 모르고 있을 뿐이다. 상투적인 수사로 가득한 글과 감정을 배설하듯 써 내려간 글은 좋은 글이 아니다. 지금까지 가지고 있던 글쓰기에 대한 오해를 버릴 때 비로소 좋은 글이 나올 것이다. 글이란 꾸미려고 무엇인가를 덧대면 뻔한 표현을 하게 되며 감정과 생각을 노골적으로 표현하게 된다. 감각적인 글에는 감정적인 부분도 있어야 하지만 감정을 지나치게 드러내거나 뻔한 주장을 상투적인 방식으로 드러내면 안 된다. 글쓰기는 언제나 글감과 적당한 거리를

상상력과 묘사가 필요한 당신에게

유지해야 하며 정교한 문장력이 전제되어야 한다. 그러기 위해서는 쓰는 훈련을 꾸준히 해야 한다. 하지만 많은 사람들은 글을 쓰는 것 자체에 막연한 두려움을 가지고 있다. 그러나 글을 쓰기 어렵다는 이유 때문에라도 더욱 글을 쓰는 연습을 해야 한다.

　　적지 않은 사람들이 글을 쓰는 것에 부담감을 느껴 글을 쓰는 것은 물론이고 책을 읽는 것 자체를 피하려고 한다. 글을 쓰는 것은 우선 글에 대한 두려움을 없애는 것이 중요하다. 그런 점에서 글쓰기는 글을 쓰는 행위의 결과물이기도 하지만 글에 대한 흥미와 재미 그리고 용기의 결과물이라 할 수도 있다. 물론 글쓰기에 대한 흥미와 재미는 그냥 생기는 것이 아니다. 또한 글을 쓰고자 하는 용기 역시 무작정 생기지 않는다. 그렇기 때문에 글쓰기에 흥미와 재미를 느끼거나 글을 쓰고자 용기를 내는 일은 쉽지 않은 일이다. 여러분이 글을 쓰려는 마음을 단단히 먹었다 해도 그것을 실천하는 것은 쉽지 않다. 대부분의 사람들은 글을 쓰고 싶다는 막연한 마음만 먹을 뿐이지 그것을 실행에 옮기는 경우는 매우 드물다. 설령 글을 쓰려고 책상 앞에 앉아 있어도 아무것도 떠올리지 못한 채 시간을 보내는 경우가 많다.

　　이런 일을 겪으며 많은 사람들은 글을 쓰는 것이 어려운 일이라고 생각하고 스스로 글에 대한 재능이 없다는 강박에 시달리게 된다. 그리고 이러한 강박은 기정사실화되기에 이른다. 하지만 그런 만큼 글을 잘 쓰고 싶은 열망도 큰 법이어서 적지 않은 사람들이 글쓰기 강좌를 수강하기도 한다. 하지만 용기를 냈는데도 웬일인지 글쓰기 실력은 크게 늘지 않고 제자리를 맴돌 뿐이다. 분명히 글쓰기에 대한 모든 비법을 전수받은 것만 같은데 종이와 컴퓨터 앞에 멍하게 있는 시간은 줄어들지 않는다. 여전히 막막한 상태에서 무엇을 어떻게 쓸지 알 수 없는 시간을 보내게 된다. 과연 무엇이 문제일까?

이러한 이유는 여기에 우리가 미처 생각하지 못한 문제가 있기 때문이다. 그 이유는 앞에서 말한 것처럼 글쓰기를 '쓰기'라는 행위로만 생각하기 때문이다. 오로지 '쓰기'로만 생각하기 때문에 정작 글쓰기를 할 수 없는 아이러니한 상황이 생기는 것이다. 과연 사람들이 글을 쓰는 데 어려움을 겪는 것이 '쓰기'만의 문제일까? 물론 글을 쓰는 데 어려움을 겪는 이들의 문제는 문장의 집합체인 글이나 '쓰기'와 관련된 것이 분명하다. 하지만 우리가 좋은 글을 쓰고 싶은데도 글이 잘 풀리지 않는 더 큰 이유는 다른 곳에 있다.

그것은 많은 사람들의 글에 상상력과 묘사 그리고 글의 감각과 상징과 사유를 장악하는 지배적인 정황이 부족하기 때문이다. 결국 상상력이 부족하기 때문에 어떤 이야기를 써야 하는지 꽉 막히게 되는 것이고 문장은 조금의 진전도 없이 상투적인 세계 안에 멈출 수밖에 없는 것이다. 또한 묘사가 아닌 생각을 거친 직설의 문장으로 풀어놓기 때문에 감각적인 표현을 할 수 없기도 하다. 감각적인 글을 쓰기 위한 문장의 기본이 묘사에 있음을 잊으면 안 된다. 그리고 무엇보다도 글의 전체적인 인상과 감각 그리고 상징과 사유의 분위기를 장악하고 풀어내는 '지배적인 정황'을 포착할 수 있어야 한다. '지배적인 정황'은 영화나 소설의 인상적인 장면처럼 우리의 미의식을 장악하는 순간이다. 이처럼 좋은 글이란 '쓰기' 이전에 이러한 것들에 능숙해야

상상력과 묘사가 필요한 당신에게

나오는 것이다. 그런데 우리는 그동안 지나치게 '쓰기'라는 행위에만 매달리는 경우가 많았다.

사실 우리는 어떻게 글을 써야 하는지 이미 알고 있다. 그리고 좋은 문장이 무엇인지도 잘 알고 있다. 하지만 정작 멋진 글과 문장을 쓰고자 할 때 글은 방향을 잃어버리게 된다. 좋은 문장과 멋진 표현을 하기에 앞서 무엇을 쓸 것인지조차 알지 못한 채 허둥대기 일쑤이다. 그러나 우리는 이미 좋은 글을 쓸 수 있는 능력을 지니고 있다. 다만 그것이 어디에 있는지 그리고 어떻게 사용해야 하는지 모를 뿐이다. 우리가 이미 가지고 있는 글솜씨만으로도 좋은 글을 쓰는 것은 충분히 가능한 일이다. 다만 그 능력을 어떻게 꺼내야 하는지를 모를 뿐이다. 바로 이때 가장 필요한 것이 바로 상상력과 묘사 그리고 지배적인 정황이다. 그리고 이러한 것들은 연습을 통해 충분히 좋아질 수 있다. 문학사에 남을 만한 문학작품은 타고난 재능이 필요하지만 그렇지 않은 글쓰기는 연습만으로도 충분히 잘 쓸 수 있다. 심지어 일정 수준 이상의 문학적인 글쓰기까지 가능하다. 그러니 그저 묵묵히 쓰고 또 써보자. 어느 순간 매혹적인 글이 여러분 앞에 펼쳐질 것이다.

1.

상상력과 묘사가 부족한
당신의 문장을 위하여

묘사를 하면
정말 잘 쓸 수 있나요?

글쓰기에서 묘사가 중요하다는 것은 널리 알려진 사실이다. 그런데도 많은 사람들이 묘사를 하기보다는 자신의 생각을 직설적으로 드러내는 글을 쓰는 경우가 많다. 그 이유는 글쓰기를 글쓴이의 생각과 정보, 주장 등을 직접적으로 전달하는 것이라고만 생각하는 강박 때문이다. 이럴 경우에 글쓰기는 의미와 주장을 전달하는 성격을 벗어나기가 쉽지 않다. 물론 생각이나 정보 등을 전달하는 것은 글쓰기의 중요한 기능이다. 하지만 우리가 글을 쓰는 이유는 단순하게 생각이나 정보 등을 전달하는 경우도 있지만 그렇지 않은 경우도 많다. 우리가 일상생활에서 접하는 글쓰기는 오히려 창조적이고 감각적인 글인 경우가 많다. 감각적이고 감동적으로 상대방을 설득할 때 글쓰기의 효과는 극대화된다. 이때 중요한 글쓰기의 방법이 바로 묘사이다.

글이 감각을 드러낼 때 그리하여 감각적인 글쓰기의 모습으로 우리에게 다가올 때 그 글은 읽는 사람에게 감각적인 느낌으로 다가서게 마련이다. 그리고 이때 그와 같은 글을 읽는 사람들은 그것이 아름답고 잘 쓴 글이라는 생각을 한다. 그런데 글을 읽을 때 느끼는 이러한 감각에도 불구하고 사람들은 자신의 생각을 직설적으로 표현하는 경우가 많다. 그리고 이와 같은 직설적인 표현은 대체적으로 상투적인 수사를 동반하게 마련이다. 결국 이러한 양상으로 글을 썼을 때 그 글은 매력을 지니지 못한 채 진부하고 평범한 것이 된다.

이처럼 생각이나 정보 등을 직설적으로 드러내는 글을 쓰는 이유는 글감에 대한 판단을 앞세우기 때문이다. 더 큰 문제는 글쓴이가 드러내는 생각이나 주장 등의 판단이 대체적으로 상투적이고 일반적인 해석을 동반한다는 것이다. 이런 글에 드러난 글쓴이의 생각과 주장은 상식적인 수준을 벗어나기 힘들다. 또한 일차적인 감정 상태로 판단하는 경우가 많기 때문에 감상적인 감정을 드러낸다. 따라서 이와 같은 글은 누구나 생각할 수 있는 상식적이고 상투적인 글이 되거나 지나치게 감상적인 글이 되기 쉽다.

노숙인 – 고단한 삶

실패한 삶

가난

실직

고통

슬픔

패배자

노숙인을 소재로 글을 쓸 때 많은 이들이 노숙인에 대한 감정과 판단을 앞세워 노숙인을 표현하고자 한다. 노숙인을 '고단함, 가난, 실직' 등의 상투적인 관점으로만 판단하고 글을 쓰

상상력과 묘사가 필요한 당신에게

려고 한다. 그럴 경우에 그 글은 노숙인에 대한 상투적인 판단을 통해 글쓴이의 생각을 앞세운 진부한 글이 될 수밖에 없다. 당연히 그러한 내용의 글은 누구나 생각할 수 있는 판단을 앞세운 것이기 때문에 지나치게 뻔한 내용을 담게 된다. 거기에 더하여 뻔한 내용을 담은 글의 수사법은 대체적으로 상투적인 꾸며 쓰기를 할 개연성이 많다. 상투적인 생각과 판단을 앞세우면 글쓴이가 생각하는 협소한 범위 안에서 글감을 파악하게 된다. 그렇게 되었을 때 글은 우리가 그동안 알고 있었던 협소한 생각과 표현에 갇히기 때문에 신선한 표현과 새로운 상상을 할 수 없다. 그렇다면 이러한 글을 쓰지 않기 위해서는 어떻게 해야 할까? 방법은 간단하다. 상투적이고 감상적인 글감을 소재로 글을 쓰지 않으면 된다. 이러한 글감은 과감하게 폐기해야 한다. 물론 상투적이고 감상적인 글감 역시 좋은 글의 재료가 될 수 있다. 하지만 이때에는 글감을 바라보는 새로운 시선과 감각이 필요하다.

① 산동네 - 가난
② 노점상 - 가난한 삶
③ 폐지 줍는 노인 - 고단한 삶
④ 구걸하는 사람 - 고통스러운 삶

제시한 글감 역시 위와 같이 상투적이고 감상적인 판단을 하기 쉽다. 그러나 판단을 하지 않고 눈에 보이는 이미지를 중심으로 묘사를 하면 진부한 생각에 갇히는 것을 막을 수 있다. 묘사 유형의 글은 판단을 앞세우지 않고 이미지인 묘사를 앞세움으로써 글쓴이의 진부한 생각과 판단으로부터 놓일 수 있다. 묘사를 통해 드러나는 것은 글감의 이미지이다. 묘사를 통해 드러나는 글감의 이미지는 겉으로 드러난 이미지의 단순한 형태에 한정되지 않는다. 감각적으로 표현된 묘사는 겉으로 드러난 이미지를 통해 글쓴이의 사유까지 제시할 수 있다. 이미지가 그저 눈앞에 펼쳐진 시각적 기호에 불과하다는 생각은 잘못된 것이다. 그러한 생각은 글쓴이의 주장과 판단 등을 직접 말하고자 하는 강박적 태도로부터 비롯된 것이다.

사실 묘사는 이미지를 통해 의미를 드러내기도 한다. 그러나 우리는 이미지와 의미를 별개의 것으로만 생각하는 경우가 많다. 하지만 이미지와 의미는 결코 별개의 것이 아니다. 사물이나 현상에 대한 우리의 감정과 생각은 사실 그것이 지니고 있는 이미지로부터 비롯된 경우가 많다. 이를테면 '나무'를 통해 느끼는 편안함이나 긍정의 정서는 나무의 이미지가 전달하는 감각으로부터 비롯된 것이다. 그런데 우리는 바람에 흔들리는 나뭇가지나 시원한 나무 그늘의 모습 그리고 초록색이 전달하는 감각을 표현하여 나무를 떠올리는 것이 아니라, 관념적 인식을 통해 '나무는 어떻다'고 직설적으로 설명할 때가 많다. 나무에 대해 느끼는 감정과 느낌, 생각 등이 나무의 이미지를 통해 느낀 것임에도 불구하고 이미지를 묘사하지 않고 글쓴이의 생각을 곧장 말하려고 한다. 이때 나무의 이미지는 사라지고 남는 것은 나무를 통해 누구나 느낄 수 있는 글쓴이의 진부한 생각뿐이다. 이렇게 나무를 인식할 때, 나무는 우리에게 새로운 감각을 전달하지 못하고 진부한 자연의 일부로 전락할 뿐이다. 다음 사물이 주는 감각

상상력과 묘사가 필요한 당신에게

을 떠올려보도록 하자.

① 나무 – 생명력 넘치는 삶의 충만함
② 빌딩 – 도시의 삭막함

똑같은 감정을 드러낼 때에도 위와 같은 인식은 관념적이고 피상적이기 때문에 우리의 감각을 자극하지 못한다. 좋은 글은 생각을 무작정 주장하는 것도 아니고 무엇인지 알 수 없는 것들을 피상적으로 드러내는 것도 아니다. 더구나 위와 같은 방식의 연상은 너무나 상투적이다. 물론 이러한 연상을 절대로 해서는 안 되는 것은 아니다. 하지만 이러한 연상을 하는 사람들이 뻔한 표현을 하는 경우가 많은 것도 사실이다. 이를테면 장미를 붉거나 아름답다고 표현하는 것이 그러하다. 글감을 상투적으로 바라보는 사람은 결국 표현 역시 상투적일 수밖에 없다. 좋은 글은 구체적이어야 하며 동시에 감각적이어야 한다. 거기에 더하여 상식적이거나 상투적인 표현을 하면 안 된다. 자신이 쓴 글에 나무와 빌딩에 대한 뻔한 판단과 표현이 있다면 자신도 모르게 나무와 빌딩에 대한 진부한 판단과 표현을 앞세우지 않았는지 생각해보기를 바란다.

만약 위에서 제시한 대상을 이미지 중심으로 드러낸다면 나무와 빌딩은 우리의 진부한 관념과 상투적 표현이 아닌 감각적이고 새로운 표현으로 바뀔 것이다. 나무를 보고 생명을 떠올리거나 삶의 휴식을 떠올리지 말자. 그것이 나쁘다는 것이 아니라 그것은 누구나 생각할 수 있는 뻔한 것이기 때문에 독자들을 설득할 수 없다. 그저 판단을 제거한 채 나무의 모습을 바라본다면 나무는 새로운 감각을 지닌 대상으로 드러날 것이다.

우리는 글을 쓸 때 눈이 아닌 마음과 머리로 쓰려는 습관이 있다. 마음과 머리에 기대지 않고 눈에 의지하여 쓸 때 감각적인 글이 나온다. 그리고 이때 나온 글은 단순히 멋지기만 한 것이 아니라 더욱 깊은 사유를 담게 된다. 또한 눈을 믿고 쓴 묘사의 이미지는 직접 말하지 않음으로써 곧바로 상징이 된다. 물론 겉으로 드러난 것을 표현한다고 모든 글이 좋은 묘사가 되는 것은 아니다. 많은 글이 묘사를 하려고 하지만 묘사가 아닌 설명이 되는 경우가 많기 때문이다.

글은 자신의 생각을 드러냄과 동시에 대상을 감각적으로 드러내는 것이어야 한다. 물론 글쓴이의 생각은 충분히 제시해야 한다. 그런데 생각이라는 것에 대해 우리는 오해를 하는 경우가 많다. 글쓴이가 제시하는 사유의 깊이를 드러내는 것이 아니라 너무나 뻔한 생각을 말하는 것을 주제 의식이라고 오해한다. 글쓴이가 말하고자 하는 것을 직접 말할 수는 있지만 훈계하듯 너무 직접적이면 곤란하다. 오히려 이미지를 통해 하고자 하는 의미를 숨겨놓았을 때 글은 상징적으로 주제를 드러냄으로써 수준 높은 사유 체계를 제시하게 된다. 그런 점에서 글쓰기는 그림을 그리거나 사진을 찍는 것과 다르지 않은 작업이다. 눈으로 본 대상의 이미지를 섬세하게 바라보는 훈련을 해야 한다. 그리고 그것에 생각을 덧씌우지 않도록 애써야 한다. 훈련이 되지 않은 사람이 생각을 덧씌우게 될 때 글은 너무나 뻔한 생각을 전달하는 데 그치고 만다.

상상력과 묘사가 필요한 당신에게

사람들이 자꾸 생각을 말하게 되는 이유는 글에 대한 오해 때문이다. 많은 사람들은 자신의 생각과 감정을 직접 표현해야 글과 글쓴이의 의도가 제대로 전달되었다고 생각한다. 그러나 이렇게 되면 뻔한 생각과 감정이 거칠게 드러나고 독자들은 그 글에 흥미를 느낄 수 없다. 물론 글은 글쓴이의 생각과 감정을 드러낸다. 하지만 누구나 알 만한 내용을 말할 때 그 글은 생명력을 잃어버린다. 문제는 대부분의 사람들이 자신이 직접 말하고자 하는 생각과 감정이 중량감 있는 주제 의식이라고 착각한다는 점이다. 그렇다면 글을 아예 묘사만으로 써보라고 권하고 싶다. 가슴으로 느끼는 감정과 머리로 생각하는 이성적 판단을 모조리 무시하고 눈으로 파악하는 이미지만 써보라는 것이다.

물론 이렇게 글을 썼을 때 이미지가 깊이를 지니지 못하게 될 수도 있다. 또한 이미지의 나열에 그칠 수도 있다. 하지만 이러한 연습을 자꾸 한다면 묘사를 통해 의미를 상징적으로 제시하는 방법을 깨닫게 될 것이다. 그 이유는 묘사만으로 글을 쓴다고 하더라도 글이란 글쓴이의 생각과 감정을 드러내는 장르이기 때문에 묘사의 가운데 어떤 방식으로든 사유와 감정이 개입할 수밖에 없기 때문이다. 따라서 묘사만 하더라도 글에 생각과 사유가 완전히 사라지게 되지는 않을까라는 걱정은 하지 않아도 된다.

묘사를 하고 싶다면
설명하지 말아요

　글을 쓸 때 우리는 자꾸 무엇인가를 설명하려고 한다. 마음속의 생각이나 느낌만 설명하는 것이 아니라 묘사를 해야 하는 이미지까지 설명하려고 한다. 글감의 모습을 구체적으로 묘사하는 것이 아니라 그저 "한 사람이 달려간다"라거나 "강아지가 밥을 먹고 있다"라는 식으로 설명한다. 이러한 문장은 언뜻 보기에 장면을 제시한다는 점에서 묘사인 것 같지만 사실 이것은 상황을 설명한 것에 지나지 않는다. 이와 같은 표현은 구체적인 이미지로 다가오지 않을 뿐만 아니라 감각적이지도 않다. 설명은 상황이나 생각을 드러내는 정보 이상도 이하도 아니다. 문제는 실제 글을 쓸 때 묘사와 설명을 구분하여 쓰는 것이 쉽지 않다는 점이다. 우리가 묘사라고 생각하고 쓴 글이 사실은 설명인 경우가 무척 많다.

　　그만큼 묘사와 설명의 차이를 구분하는 것은 매우 어려운 일이다. 그리고 어떤 경우에는 같은 문장인데도 어느 때에는 묘사가 되기도 하고 어느 경우에는 설명이 되기도 한다. 설명에 가까운 문장인 경우에도 글의 전체적인 맥락에 따라 설명으로 느껴지지 않는 경우도 있다. 그런 만큼 묘사와 설명을 정확하게 구분하여 사용하는 것은 쉽지 않다. 글이 설명적이 되는 가장 큰 이유는 글감이 되는 대상을 구체적으로 관찰하지 않기 때문이다. 의미 있는 지점을 세밀하게 관찰하지 않고 전체적인 모습이나 상황을 포괄적으로 표현하기 때문에 개괄적인 양상의 설명이

　　　　　　　　상상력과 묘사가 필요한 당신에게

되는 것이다.

① 해가 저물고 있다.
② 횡단보도 앞에 한 사람이 서 있다.

①번 문장은 해가 저물고 있다는 이미지를 묘사한 듯싶지만 이 문장에 드러난 것은 묘사인 이미지가 아니라 '해가 저물고 있다'는 정보이다. 물론 이 문장을 읽는 사람은 해가 저물고 있는 장면을 떠올리지만 그것은 문장을 읽는 사람에게 감각적 인식이나 구체적 이미지 등을 전달하지는 못한다. 그렇다면 이러한 문장을 어떻게 표현했을 때 감각적인 묘사가 될까? 그것은 구체적 관찰과 표현에 달려 있다. 단지 해가 저물고 있는 장면을 개괄적으로 설명하기보다 해를 둘러싼 장면들을 자세하게 드러낼 때 좋은 표현이 된다.

②번 문장의 경우도 마찬가지이다. 이 문장은 횡단보도 앞에 한 사람이 서 있다는 정보를 전달할 뿐 묘사가 전달하는 감각적 느낌이 없다. 횡단보도는 어떤 모습인지, 그 앞에 서 있는 사람은 어떤 옷을 입고 있는지, 그의 신발에 흙은 묻어 있는지, 등 뒤로 바람은 불었는지 등을 관찰하여 더 구체적으로 표현을 해야 한다. 설명이 아닌 묘사를 하려면 쓰고자 하는 대상에 대해 궁금증을 가지고 끊임없는 질문을 던져야 한다. 구체적인 묘사는 이러한 질문으로부터 시작한다. 그런데 우리는 쓰고자 하는 대상의 표면만을 바라볼 때가 많다. 그리고 그마저도 대상의 전체적인 모습과 상황을 개괄적으로 바라보고 표현할 때가 많다.

이러한 표현은 묘사가 아니라 정보이다. 글이 설명적이 되는 것은 이처럼 정보만을 전달하기 때문이다.

그런데 위의 예문은 정말 좋지 않은 표현일 뿐일까? 사실 위의 문장은 좋은 표현이 될 수도 있다. 다만 이때 전제되어야 하는 조건은 제시한 문장 다음에 각각의 정황을 뒷받침하여 보여주는 묘사 문장이 있어야 한다는 점이다. 위의 예문 다음에 나오는 문장이 정보를 전달하는 설명적 문장이라면 곤란하다.

① 해가 저물고 있다. 해변은 사람들로 왁자하다. 여름 해변의 저녁은 이렇듯 흥겨운 분위기로 가득하다.

② 횡단보도 앞에 한 사람이 서 있다. 신호가 바뀌자 그는 바쁘게 길을 건넌다. 그는 건너편에서 기다리고 있는 친구를 만나 반갑게 인사를 한다.

두 개의 글은 모두 정황을 개괄적으로 두루뭉수리하게 설명한다. ①번 문장의 경우는 해가 저물고 있는 구체적인 이미지가 아니라 해가 저문다는 상황을 하나로 뭉뚱그려 설명한다. 그리고 왁자한 해변의 모습 역시 어떻게 왁자한지 구체적이지 않다. 이를테면 사람들이 술을 마시고 있는지, 아니면 상점의 스피커에서 음악이 나오는지 등의 구체적인 정황이 없다. ②번 문장의 경우 역시 마찬가지이다. 그저 횡단보도 앞에 한 사람이 서 있다는 정보만을 전달할 뿐이다. 그 사람의 손은 어떠한지, 신발에 얼룩이 졌는지 등의 구체적 정황이 없다. 그것은 길을 건너는 장면이나 친구와 인사를 하는 장면 역시 마찬가지이다.

① 해가 저물고 있다. 해는 수평선 너머로 사라지며 석양에 물든 바다의 출렁임을 고요히 펼쳐 보인다. 해변을 걷는 한 무리의 사람들은 말이 없고, 연인들은 폭죽을 터트리며 환하게 웃고 있다. 해가 사라진 수평선 위로 어둠이 되지 못한 빛이 희미하게 공중을 배회하고 있다.

② 횡단보도 앞에 소년이 서 있다. 소년은 횡단보도 앞에 서서 초록 신호등이 켜지기만을 기다리고 있다. 소년의 눈동자는 불안한 듯 횡단보도의 이편과 저편을 번갈아 바라보고 있다. 가방을 힘껏 쥐고 있는 소년의 손등에 푸른색 핏줄이 선명하다. 소년은 단호한 듯 선명한 붉은 신호등을 바라보며 마음이 급하다. 바람이 불어오고, 어디선가 날아온 신문이 횡단보도 위에서 어지럽게 펄럭인다.

위의 두 글은 앞서의 글과 달리 구체적이다. 특히 두 글의 첫 번째 문장은 앞서의 예문과 같지만 설명적인 느낌이 들지 않는다. 첫 문장이 제시한 장면을 뒤의 문장이 구체화하고 있기 때문이다. 첫 문장을 포함하여 위의 글은 정보를 전달하는 느낌이 들지 않고 눈앞에 선명하게 펼쳐진 이미지로 우리에게 다가온다. 묘사는 이처럼 구체적인 이미지를 통해 재현된다. 장면이나 정황을 개괄적으로 보여주는 것은 묘사가 아니라 설명이라는 점을 알아야 한다. 설명은 이미지를 보여주는 것이 아니라 이미지의 상태를 설명하여 정보를 전달할 뿐이다.

물론 구체적으로 묘사하는 것은 쉽지 않다. 사람들이 구체적인 묘사에 어려움을 겪는 이유 중 하나는 글을 쓰고자 하는 대상을 하나의 덩어리로 바라보기 때문이다. 우리는 글을 쓰고자 하는 대상을 낱낱이 쪼개서 매우 작은 단위로 나눠야 한다. 묘사는 구체적이어야 하는 것이지 개괄적인 덩어리로 파악하면 안 된다. 이를테면 쓰레기를 수거하는 청소원에 대한 글을 쓰고자 한다면 '청소원이 쓰레기를 치우고 있다'는 식으로 대상과 사건을 하나의 덩어리로 바라보면 안 된다. 쓰레기를 치우는 장면 전체를 쓰기도 해야 하지만 구체적으로 '청소원의 손'을, 손의 '주름과 더께'를, 주름과 더께에 드리운 '어둠'을 묘사했을 때 감각이 생생하게 살아 있는 글이 된다.

아울러 청소원의 주변을 둘러싸고 있는 풍경을 세밀하게 묘사하면 좋다. 청소원의 등 뒤로 지나가는 바람을, 텅 빈 거리를 가로질러 출근하는 사람을, 새벽 비에 축축하게 젖은 광고 전단지 등을 통해 전달하고자 하는 감각을 극대화해야 한다. 다만 청소원을 둘러싼 배경을 쓸 때 주의해야 할 점이 있다. 청소원을 둘러싼 배경의 모든 것들을 다 쓸 필요가 없다는 점이다. 청소원 주변 배경이 되는 것들을 모두 쓰고자 하는 욕심을 내면 안 된다. 청소원을 둘러싼 배경이라고 하더라도 그것들이 모두 글의 주제나 분위기에 적절한 장면이 아니기 때문이다. 글의 주제와 분위기에 부합하는 장면이 있는 반면 그렇지 못한 장면도 있다.

상상력과 묘사가 필요한 당신에게

따라서 어떤 장면을 선택 또는 배제하는지는 청소원 자체를 묘사하는 것만큼이나 중요하다. 그리고 글이라는 장르의 속성상 눈앞에 펼쳐진 모든 이미지를 빠짐없이 묘사하는 것은 처음부터 불가능에 가까운 일이다.

그리고 이러한 이유 이외에 설명적인 글이 되는 또 다른 이유가 있다. 줄거리를 요점 정리하듯이 글을 쓸 때 역시 설명적인 느낌이 강하게 나타난다. 줄거리라는 정보를 개괄적으로 말하기 때문에 설명적이 되는 것이다. 또한 줄거리를 쓰는 것은 설명적인 글이 될 뿐만 아니라 매력적이고 감각적인 글을 쓰는 데 방해가 된다. 많은 사람들이 산문을 쓸 때 묘사가 아니라 줄거리를 요점 정리하는 식으로 글을 쓴다. 줄거리를 요점 정리하는 글쓰기 역시 개괄적인 이야기만 있을 뿐이지 이미지가 전달하는 묘사의 감각은 없다. 그런데도 많은 사람들이 글쓰기를 설명을 하는 것이거나 줄거리를 정리하는 것으로 오해하고 있다. 묘사를 하고 싶다면 그리고 좋은 글을 쓰고 싶다면 줄거리를 정리하듯 쓰는 습관을 버려야 한다. 영화 비평이나 서평 등의 글을 쓸 때 역시 줄거리를 요점 정리하고 작품의 내용을 설명하면 매력이 반감된다. 이런 글에는 제대로 된 사유나 비평이 들어설 여지가 없을 뿐만 아니라 글쓴이만의 개성적인 감각이 들어갈 틈도 없다.

묘사는 글쓰기의 가장 중요한 방법이다. 묘사를 모르고서는 결코 좋은 글을 쓸 수 없다. 묘사의 힘을 믿고 쓰고자 하는 대상의 모습과 그것을 둘러싼 장면을 자세하게 묘사하도록 하자. 이때 여러분의 머리와 마음이 생각하고 느끼는 것은 쓰지 말도록 하자. 머리와 마음에 떠오르는 것을 중심으로 쓰는 습관을 버리지 못한다면 좋은 글을 쓸 수 없다. 좋은 글을 쓰고 싶다면 눈만 믿고 눈앞에 펼쳐진 모습을 자세하게 묘사하도록 하자. 우리의 생각과 감정? 물론 그러한 것들도 당연히 표현해야 한다. 하지만 생각과 감정을 상투적이고 감상적으로 표현해서는 안 된다. 더구나 생각과 감정 등은 의도하지 않아도 묘사의 가운데에서도 자연스럽게 배어나오는 경우가 많다. 하지만 묘사는 의도적인 노력을 했을 때 가능한 글쓰기의 방법이다. 따라서 묘사의 힘을 믿고 의식적으로 이미지를 그려야 생생한 감각의 묘사가 펼쳐진다는 것이다.

상상력이 부족한
당신의 문장을 위하여

상상력이 부족하다는 것은 단순하게 기발한 생각이 부족하다거나 표현 능력이 부족한 것이 아니다. 상상력이 부족하다는 말은 글을 쓸 때 다음 문장으로 나아갈 수 없다는 것을 의미한다. 상상력은 모든 글의 처음이며 그것을 통해 글은 한층 새로운 표현과 세계를 제시할 수 있다. 글을 쓸 때 상상력이 제한되면 다양한 생각을 떠올릴 수 없고 그것은 곧바로 소재의 빈약함으로 나타난다. 또한 소재가 빈약하기 때문에 문장 역시 일정한 테두리 안에 머물 수밖에 없게 된다.

상상력이 부족하다는 것은 단순하게 새로운 글감

상상력과 묘사가 필요한 당신에게

을 찾지 못한다는 데 머물지 않는다. 상상력이 부족할 때 문장은 앞으로 나아가지 못하고 멈춰버릴 수밖에 없다. 또한 상상력이 부족한 글은 글 자체에 생동감이 없을 뿐만 아니라 표현 자체도 상투적이고 진부한 장식적 수사가 되고 만다. 그런 만큼 상상력을 통해 글의 씨앗이 되는 세계를 넓히고 묘사를 통해 표현력을 확장한다면 금세 좋은 글을 쓸 수 있다. 이때 상상력은 세상에 존재하지 않는 기발한 발상만을 의미하지 않는다. 글을 쓰기 위해 준비해야 하는 소재, 줄거리, 생각 등등 쓰기라는 행위 이전에 파악해야 하는 많은 것들이 사실은 상상력으로부터 비롯된다.

상상력이 부족한 것은 우리에게 상상하는 능력 자체가 없기 때문이 아니다. 우리는 상상력이 부족한 것이 아니라 상상하는 방법을 모를 뿐이다. 상상하는 방법 자체를 모르기 때문에 우리는 상상력이 사라진 거대한 산과 마주하게 되고, 결국 글쓰기를 시작하기도 전에 무엇을 어떻게 써야 할지 몰라 자포자기의 심정에 이르게 되는 것이다. 아마 여러분에게 상상을 할 수 있는 힘이 차고 넘친다면 감각적인 글쓰기는 그렇게 어려운 일이 아닐지도 모른다. 물론 상상력만으로 글쓰기의 문제를 해결할 수 있는 것은 아니다. 아무리 상상력이 풍부한 사람이라도 글을 쓸 때 멋진 문장에 대한 고민을 하지 않을 수 없을 것이다. 멋진 문장! 그러나 멋진 문장은 예쁘기만 한 것이 아니다. 예쁘다기보다는 감각적인 문장이라는 표현이 더 맞는 말일 것이다. 감각적인 문장은 단순한 문장력에서 비롯되지 않는다. 오히려 풍요로운 상상력 속에서 좋은 문장이 나오게 마련이다.

당신은 멋진 글을 쓰기를 희망하는가. 그렇다면 다

른 것보다 먼저 이런저런 상상을 해보기를 권한다. 우리가 흔히 생각하고 연상하는 상투적인 방법이 아니라 새롭고 낯선 방법과 대상을 떠올려 낯선 것들을 그려보도록 하자. 우리들의 글쓰기가 재미없는 것은 누구나 생각할 수 있는 뻔한 것을 뻔한 줄거리와 뻔한 표현으로 쓰기 때문이다. 누구나 멋진 글을 쓰고 싶어 하지만 대부분 고정관념에 사로잡힌 채 어디선가 본 듯한 장면과 문장을 되풀이한다. 새롭지 않아 낯설지 않다면 그것은 이미 죽은 글이다. 그런 글을 쓰지 않으려면 상상력을 키워야 한다. 바로 그 지점으로부터 글쓰기의 낯선 매혹이 시작되기 때문이다.

상상력을 확장하기 위한
연상의 방법

상상력을 확장하는 연습으로 연상법을 사용해보도록 하자. A에서 B로, B에서 C로 그리고 C에서 D로 단어와 정황을 연결하며 조금씩 낯선 장면을 떠올려보도록 하자. 그러면 어느새 낡은 상상력이 새롭고 낯선 상상력이 되어 있음을 발견할 것이다. 대부분의 상상력이 뻔한 구조 속에서 낡은 것이 되는 이유는 이러한 연상이 유사하게 전개되기 때문이다. 다음의 연상 구조를 보도록 하자.

봄 → 꽃 → 벌 → 향기 → 따뜻함 → 행복

상상력과 묘사가 필요한 당신에게

이러한 연상 방법은 세 가지의 문제점을 가지고 있다. 첫 번째 문제점은 연상되는 각 단계가 너무 유사한 것으로 이루어졌다는 점이다. 지나치게 유사한 관계로 연결되어 연상을 통한 상상력의 확장이 힘들다. 두 번째 문제점은 각각의 연상 구조가 사실은 연상 구조가 아니라 병렬식 구조라는 점이다. 병렬식 구조는 A → B → C → D로 전이되며 낯선 지점으로 나아가는 구조가 아니라 비슷한 것들의 열거이다. 마지막으로 세 번째 문제점은 연상의 구조가 구체적인 정황을 묘사하는 방향으로 나아가는 것이 아니라 '따뜻함'과 '행복'이라는 관념적인 방향으로 나아간다는 점이다. 글감을 구체적인 이미지와 정황으로 파악하지 않고 관념적 인식으로 파악하면 글은 피상적이고 모호하게 된다. 그리고 피상적이고 모호한 글은 무슨 말을 하는지 이해할 수 없는 요령부득인 글이 될 수밖에 없다.

봄 - 꽃
봄 - 벌
봄 - 향기
봄 - 따뜻함
봄-행복

각각의 단어가 '봄'과 병렬식으로 연결되기 때문에 다른 지점으로 나아가 상상력을 극대화할 여지가 없다. 각각 연상된 단어와 정황은 유사한 부분도 있어야 하지만 다른 특성을 보여줌으로써 조금씩 다른 지점으로 나아가야 한다. 그렇게 되

었을 때 각각의 단어 사이의 간격이 조금씩 벌어져서 낯선 지점
으로 나아갈 수 있기 때문이다. 조금씩 다른 연상 지점으로 나아
가면 결국 첫 단어와 마지막 단어는 유사성 속에서도 낯선 관계
에 놓인다. 때문에 첫 번째 지점과 마지막 지점에 떠올린 단어와
정황은 상당히 다른 감각을 제시한다. 그리고 이런 가운데에서도
유사성이 남아 있기 때문에 낯선 관계 속에서도 납득 가능한 상
상력을 보여준다. 두 지점은 긴밀하게 연결된 관계 속에서 낯선
감각을 전달하게 된다.

> 봄 → 장미 화원 → 화원을 향해 몰려오는 폭풍우
> → 비에 젖은 비둘기의 날개 → 공중을 향해 날아
> 오르는 비둘기 → 공중에 단단히 묶여 아득한 높이
> 가 된 비둘기

각각의 정황이 연상법을 통해 유사한 듯 다른 정황
으로 이어진다. 이러한 연상법은 유사한 듯하지만 그 연결이 상
투적이지 않다는 점에서 새로운 상상력이 가능하다. 특히 이와
같은 연상법은 연상의 처음과 마지막을 연결할 경우에 더욱더 새
롭고 낯선 관계와 감각을 전달하는 문장이 된다. 위 문장의 처음
인 '봄'과 마지막인 '공중에 단단히 묶여 아득한 높이가 된 비둘
기'를 하나로 묶으면 신선한 문장이 만들어지는 것처럼 말이다.
위의 예문은 연상법의 과정에 있는 문장 모두가 좋은 정황이지
만, 연상의 처음과 마지막을 직접 연결하면 낯선 정황끼리 연결
되어 더욱 신선한 표현을 할 수 있다. 더욱이 두 개의 정황은 낯

선 연결 구조로 이어진 것이지만 연상법을 통해 구성되어 파편화되지 않고 서로 연결고리를 갖게 된다.

① 봄은 공중에 묶여 아득한 높이가 된 비둘기처럼 펼쳐진다.
② 아득한 높이가 된 비둘기가 봄의 공중을 향해 날아간다.

어떤가? 봄을 진부하게 사용한 문장과는 비교가 안 될 정도로 신선한 표현이 되지 않는가? 우리는 작가들이 사용하는 문장의 신선함에 충격을 받는 경우가 있는데, 작가들은 바로 이런 사례에서처럼 자신만의 개성적인 표현을 사용하기 때문이다.

그리고 위에서 제시한 정황은 또 다른 장점을 지닌다. 각각의 개별 정황은 앞서 언급한 '봄-꽃-벌-향기-따뜻함-행복'처럼 진부하고 관념적이며 피상적인 정황과 달리 그 자체로 우리에게 '미적 인식'을 전달한다. 따라서 각각의 개별 정황만으로도 감각적인 문장을 만들 수 있다. '꽃'보다 '장미 화원'이 훨씬 구체적인데 좋은 글을 쓰려면 피상적이지 않고 구체적으로 써야 한다. 그리고 '화원을 향해 몰려오는 폭풍우', '비에 젖은 비둘기의 날개', '공중을 향해 날아오르는 비둘기', '공중에 단단히 묶여 아득한 높이가 된 비둘기' 등의 정황은 그 자체로 우리에게 감각적인 장면을 떠올릴 수 있게 한다.

① 지하철-터널-어둠-끝이 없음-삶의 막막함

② 지하철-무료한 승객-고요한 오후-따사로운 햇살

③ 지하철-구걸을 하는 사람-찬송가-무심한 눈빛-
외면하는 사람들-무료한 햇살

④ 지하철-플랫폼 벤치에 앉아 울고 있는 앨리스-
터널-어둠-이상한 나라의 앨리스-두 개의 달과
해변을 걷는 앨리스-끝없이 타오르는 방풍림과
붉은 눈물을 흘리는 앨리스

　　지하철은 가장 흔하게 사용하는 글감 가운데 하나
이다. 그런데 흔한 만큼 진부한 정황이 될 가능성도 높다. ①, ②,
③번의 연상은 지하철과 연관된 상투적인 연상으로 이루어져 있
다. 이러한 연상은 우리가 가장 흔하게 떠올릴 수 있는 지하철의
모습이다. 따라서 지하철과 관련하여 새로운 인식을 전달하지 못
한다. ①번 연상은 관념적이고 개괄적인 방향으로 전개되어 불분
명한 세계가 되며 ②번 연상은 지하철과 현대인의 삶과 관련하여
지나치게 상투적으로 전개되었다. 그리고 ③번 정황은 지하철에
서 구걸하는 사람을 지나치게 감상적으로 바라보아 감상적 인식
이 되었다.

　　이에 비해 ④번 연상은 심상적 묘사를 이용하여 낯
선 장면을 펼쳐 보였다. 연상을 할 때 서경적 묘사의 양상으로 전
개해도 무방하지만 연상이 새로운 방향으로 나아가지 못한다면
심상적 묘사의 방법으로 연상을 해도 좋다. 심상적 묘사로 연상
을 하면 비현실적이거나 환상적인 장면으로 전개되기 때문에 글
쓴이만의 주관적인 개성을 드러내기에 수월하다. 비현실이나 환

상은 우리의 현실과 완전히 분리된 별개의 세계가 아님을 명심해야 한다. 비현실과 환상 역시 우리가 살고 있는 현실 세계의 일부분이다. 따라서 비현실과 환상을 적극적으로 이용할 필요가 있다. 아울러 이러한 연상을 통해 심상적 묘사의 특징 중의 하나인 글쓴이의 심리를 드러낼 수 있기도 하다.

묘사가 부족한
당신의 문장을 위하여

글쓰기에서 묘사의 중요성은 누구나 알고 있다. 하지만 묘사를 제대로 하는 사람도 드물 뿐만 아니라 묘사를 사용하여 글을 쓰는 경우도 생각보다 많지 않다. 오히려 묘사보다 자신의 생각과 감정을 직설적으로 드러내거나 상황과 사건을 설명하는 경우가 많다. 그러나 글쓰기의 기본이 묘사임은 분명하다. 특히 문장에 대한 고민이 많은 사람이라면 묘사를 통해 감각적인 장면을 표현해보기를 권한다. 의도적으로 묘사 쓰기를 연습하면 글의 감각과 완성도를 비교적 손쉽게 바꿀 수 있다. 마음속에 있는 생각과 관념과 사유를 직접 드러내지 않고, 오로지 눈으로 본 것을 중심으로 글을 써보자. 바로 그곳으로부터 수준 높은 감각과 사유의 세계가 펼쳐질 것이다.

좋은 묘사를 통해 감각적인 글을 쓰기 위해서 여러분이 눈으로 본 이미지만을 믿고 그것을 써보도록 하자. 물론 우리들의 생각이나 관념, 사유 등이 불필요하다는 이야기는 아니다. 다만 눈으로 파악한 이미지를 묘사할 때 남다른 글의 감각을 얻을 수 있음을 믿고 노력해보자는 이야기이다. 우리의 생각이나 사유, 관념 등은 묘사 유형의 글에도 자연스럽게 드러날 수밖에 없다. 그러나 묘사의 경우는 다르다. 묘사는 연습하지 않을 경우 글에 드러나기가 쉽지 않은 글쓰기의 방법이다. 따라서 묘사적 글쓰기를 의도적으로 연습하여 감각적 글쓰기를 완성할 필요가 있다.

글을 쓰는 구체적 방법으로서 묘사는 단순히 표현 방법에 머물지 않는다. 묘사를 통해 드러난 이미지는 글을 쓰는 사람의 감각이며 상징과 사유를 드러내는 매개체이다. 또한 묘사는 글에 생동감을 불러일으키고 감각적인 표현이 가능하게 한다. 따라서 묘사는 단순히 표현 능력만을 의미하지 않는다. 그런 점에서 묘사를 수사적인 특성만으로 이해해서는 안 된다. 묘사는 많은 사람들이 글쓰기를 할 때 놓치기 일쑤인 감각적 표현과 긴밀한 관계에 있는 쓰기의 방법이다. 글쓰기는 기본적으로 감각적인 행위이다. 우리는 흔히 글쓰기를 이성적이고 논리적인 것이라고만 생각한다. 물론 이것도 맞는 말이다. 하지만 이성적·논리적으로만 글쓰기를 바라볼 때 문제는 발생한다. 글쓰기가 이성이 아니라 감각적 태도를 취할 때 우리의 마음을 흔든다는 점을 잊어서는 안 된다. 묘사는 이와 같은 감각을 극대화할 수 있는 가장 좋은 방법 중 하나이다.

전화를 하는 사람 - 소통

상상력과 묘사가 필요한 당신에게

소통이라는 주제를 가지고 글을 쓸 경우에 소통에 대해 직접 말하는 문장만으로 쓰면 누구나 알고 있는 상식적인 글이 되고 만다. 화장실 문에 붙어 있을 법한 아포리즘류의 표현으로 범벅이 되기 때문에 감각적인 것과는 먼 글이 될 수밖에 없다. 결국 처음부터 끝까지 '소통의 중요함'을 강조하는 뻔한 주장과 표현을 반복하는 오류를 저지른다. 하지만 전화하는 사람을 묘사하고 그 장면에서 전화의 상징을 감각적으로 드러낸다면 전혀 다른 성질의 글이 된다. 이때 글의 상징을 포착하는 것은 어렵지 않은 일이다.

전화 → 두 사람과의 통화 → (통화＝소통)＝소통

이런 관계를 통해 전화라는 사물은 소통이라는 의미화된 지점을 확보한다. 그리고 이때의 소통은 다시 사적인 소통에서 공적 의미를 지니는 소통으로 확장된다.

전화를 하는 사적 '소통'
→ 인문적 사유와 공적 주체로서의 '소통'
(상징적 묘사)

전화 통화를 하는 장면 중에서 인문적 사유로서의 소통을 의미할 수 있는 것을 포착하여 집중적으로 묘사하자. 바로 이러한 지점에서 공적 주체로서의 '소통'이 탄생한다. 영화 〈매트릭스〉에서 가상과 실제 세계를 연결하는 것이 전화인데, 이때 전화를 묘사하면서 이편의 세계와 저편의 세계를 드러내면 두 세계를 오가는 소통의 문제를 언급할 수 있다.

이편의 세계 ------ (거울) ------ 저편의 세계

거울 역시 전화와 같이 상징으로 가득한 대상이다. 거울을 통해 우리는 어떤 글을 쓸 수 있을까? 거울을 그저 글에 등장하는 단순한 소재로만 이해하고 글감으로 사용하면 그것은 특별할 것 없는 이야기가 될 뿐이다. 하지만 거울을 상징으로 이해하면 '허상과 실존', '이편과 저편' 등과 같은 깊이 있는 철학적인 주제를 표현할 수 있다.

거울은 이미 문학, 영화 등 수많은 예술 작품에서 상징으로 표현되었다. 이상의 시 「거울」에 등장하는 거울이 대표적인 사례이다. 이외에 거울과 유사한 유리 역시 정지용의 시 「유리창」에서 거울과 비슷한 상징으로 쓰인 적이 있다. 다만 이때 유리는 투명하다는 점에서 거울과 달리 단절 속에서의 소통을 상징한다. 이외에도 영화 〈인셉션〉에 등장하는 거울 역시 중요한 상징이다. 거울에 끝도 없이 투시된 주인공의 모습에서 세계의 중첩된 양상을 생각해볼 수 있으며, 거울을 깨뜨리는 장면을 통해서는 우리의 세계가 순식간에 무너질 수 있음을 떠올릴 수 있다.

먹는 행위 – 욕망과 결핍

인간이 가지고 있는 욕망이나 결핍을 언급할 때에

　　　　　　상상력과 묘사가 필요한 당신에게

도 '욕망과 결핍'을 직설적으로 이야기하면 누구나 알고 있는 상투적인 주장이 나올 뿐이다. 이때에도 먹는 행위의 구체적인 장면 중에서 의미가 될 수 있는 지점을 포착하여 묘사를 해보도록 하자. 그러면 먹는 장면은 이미지에 머물지 않고 의미 있는 상징을 드러내며 글의 주제를 보여준다. '먹는' 행위는 무엇인가를 갈급한다는 점에서 '욕망'을 보여주는 행동이며, 비어 있는 허기를 채운다는 점에서 '결핍'이라는 의미를 제시할 수도 있다. 영화 〈중경삼림〉에 등장하는 실연한 이후에 파인애플을 먹는 사람을 변주하여 묘사를 하면 결핍을 채우는 행위라는 의미 있는 글을 쓸 수 있으며 폭식증에 걸리거나 거식증에 걸린 사람을 묘사하는 것 역시 욕망과 결핍이라는 주제를 보여줄 수 있다.

많은 사람들이 멋진 글을 쓰기를 꿈꾸고 좋은 문장을 쓰기를 희망하지만 그것을 이루기란 쉽지 않다. 그러나 다르게 생각해보면 그것은 결코 어렵지 않다. 지금까지의 글쓰기 방법을 버리고 상상력 가득한 생각을 드러내고 묘사를 통해 글의 감각을 키우면 된다는 말이다. 상상력의 힘을 기르기 어렵다고 고민할 필요도 없다. 이 책에서 제시한 여러 가지 방법으로 글을 써보도록 하자. 지금까지와는 다른 여러 방법을 통해 글쓰기와 상상의 새로운 방식을 여러분의 것으로 만들 수 있다.

우리의 상상력이 풍요롭고 자유롭다면 그리고 묘사를 통해 그것을 감각적으로 재현할 수 있다면 새로운 세계를 발견하고 그것을 쓰는 것은 훨씬 수월할 것이다. 결국 글쓰기는 상상력과 묘사의 문제만 해결되어도 완전히 다른 감각으로 다가온다. 우리가 글을 쓸 때 다음 문장으로 나아가지 못하는 것은 상상력의 문제도 있지만 좀 더 멋진 나만의 표현을 하고 싶은데 그렇게 하지 못해서인 경우도 많다. 그러면 결국 뻔한 이야기를 상투적인 문장으로 쓰게 된다. 또한 글쓴이는 감각적이지 못한 문장 앞에서 글쓰기의 한계를 뼈저리게 절감한다. 물론 좋은 글을 쓰기 위해서는 상상력과 묘사 이외에도 여러 가지 문제에 대한 고민이 필요하다. 하지만 풍요로운 상상력과 묘사만으로도 우리의 글쓰기는 그동안의 글쓰기와 완전히 다른 모습을 보여줄 수 있을 것이다.

상상력과 묘사가 필요한 당신에게

2.
감상적인 마음을
믿지 마세요

감상적인 표현을 버려야 하는
당신의 문장

       글을 쓸 때 글쓴이는 자신의 감정을 어떻게 처리해야 할까? 혹시 글쓴이가 글감에 도취해 감상으로 뒤범벅이 된 글을 쓴다면 어떻게 될까? 글을 쓸 때 많은 사람들이 겪는 문제 중 하나는 감정을 조절하지 못한다는 점이다. 물론 논리적 글쓰기가 아닌 창조적 글쓰기는 글쓴이의 감정을 드러내는 것이기는 하다. 그런 점에서 글쓰기가 감정적인 행위라는 점 역시 분명하다. 하지만 감정을 절제하지 못하여 감상적인 태도를 취하거나 감정을 날 것 그대로 드러내는 것은 글을 쓸 때 절대로 해서는 안 된다. 글이 감정을 토로하는 장이라고 하더라도 글을 쓰는 사람은 언제나 감정을 제어하려고 많은 노력을 기울여야 한다. 그랬을 때 오히려 감동적인 글을 쓸 수 있다. 언뜻 들으면 감정을 제어해야 감동적인 글을 쓸 수 있다는 말이 앞뒤가 맞지 않는 것처럼 들린다. 하지만 감정을 적절하게 드러내는 것과 유치한 수준의 감상적 인식을 드러내는 것은 다른 문제이다.

     ① 슬픔
     ② 기쁨
     ③ 분노

④ 비애

　　우리가 글을 쓸 때 저지르는 잘못 중 하나는 글쓴이
의 감정을 노골적으로 쏟아붓는다는 것이다. 슬픔·기쁨·분노·비
애 등의 감정을 온갖 상투적인 표현을 동원하여 과하게 드러내는
경우가 많다. 하지만 엘리엇Eliot이 "시는 감정으로부터의 도피"라
고 한 것처럼 감정은 글을 쓰는 데 있어서 가장 큰 방해 요소 중의
하나이다. 엘리엇의 이 말은 시에만 해당되는 것이 아니라 일반적
인 글쓰기에도 그대로 적용된다. 왜 우리는 글쓰기, 그중에서 특
히 감상문이나 수필 등을 포함한 문학적인 글쓰기를 감정을 드러
내는 것이라고 착각하는 걸까? 물론 글쓰기를 할 때 감정을 드러
내는 것은 매우 중요하다. 하지만 많은 이들이 착각하고 있는 '감
정'과 글쓰기에서의 '감정'은 다른 것이다. 우리가 감정을 드러낸
다고 착각하는 것은 사실 상투적인 감상에 불과할 경우가 많다.

　　슬픔·기쁨·감동·아름다움 등의 감정을 너무나 상
투적으로 표현할 때 그 글은 그저 그런 글이 된다. 글에 감정이
충분히 들어가야 하는 것은 분명하지만 이때에도 객관적인 거리
조정을 통해 글감과 감정적으로 일정한 거리를 두어야 한다. 사
랑하는 사람과의 감정을 생각해보기로 하자. 여러분이 지금 막
지독한 사랑에 빠졌다고 가정해보자. 과연 여러분은 사랑하는 상
대방을 객관적인 시선으로 바라볼 수 있을까? 아마도 대부분의
사람들은 상대방을 객관적으로 바라볼 수 없을 것이다. 그리고
사랑에 빠지기 시작한 연인들의 대화를 떠올려보기로 하자. 그들
의 대화는 당사자들에게는 아름다운 사랑의 속삭임이겠지만 그

말을 듣는 다른 사람들에게는 아마도 얼굴이 화끈거릴 정도로 유치하게 들릴 것이다. 날 것 그대로의 감상적 인식은 바로 이러한 감정과 다를 바 없다.

감상적 인식 = 일차원적 감정

사랑에 대한 식상한 인식과 표현, 가난한 삶에 대한 감상적 인식, 날 것 그대로의 쓸쓸함이나 슬픔 등은 글을 쓸 때 피해야 하는 감정들이다. 물론 이러한 감정과 표현 자체가 나쁜 것이라거나 쓰면 안 된다는 것은 아니다. 하지만 이러한 감정들은 상투적이고 진부한 것들일 뿐만 아니라 일차원적이고 표면적인 감정을 전시하는 것에 불과하다. 이러한 감상적 표현에는 그 너머에 존재하는 깊이와 넓이의 인식이 없다. 그것은 마치 맛있는 것이 먹고 싶다고 이야기하는 것과 마찬가지로 즉흥적인 감정일 뿐이다. 맛있는 것이 먹고 싶다는 이야기가 일차원적인 식욕을 의미하는 것처럼 말이다. 그런 것들은 누구나 다 알고 있는 감각일 뿐만 아니라 굳이 글로 써서 표현할 필요도 없는 것이다. 그런데 우리는 뭔가 슬프고 아련하고 따뜻한 장면들을 아름답고 멋진 표현으로 착각하는 경우가 많다. 우리가 아름답고 멋있다고 착각하는 문장과 맛있는 것이 먹고 싶다는 감정은 크게 다를 바 없는 일차원적인 것이다. 글이란 자신 안에 존재하는 일차원적인 감정을 전시하고 배설하는 공간이 아니다. 언제나 일차원적인 감정 너머의 것을 볼 수 있어야 하며 글감과의 거리 조정을 통해 감정을 제어할 수 있어야 한다.

그런데 감정의 과잉 상태에만 문제가 있는 것이 아니다. 감정의 과잉도 문제지만 감정의 과잉이 상투적 판단을 가져오기 때문에 더 큰 문제가 된다. 감정의 과잉 상태는 대체적으로 상투적 판단을 통해 감상적인 부분이 더 강조되게 마련이다. 왜 우리는 시장에서 바라본 노점상을 보고 불쌍하다느니 가난하다는 식의 상투적인 생각을 하고 그것을 있는 그대로 글로 쓰는 것일까? 그리고 산동네를 올라가는 젊은 가장의 어깨를 보고 삶에 지친 자의 고단함을 떠올리는 것일까? 이러한 장면의 문제는 그것이 무수히 반복되어 소비된 상투적인 장면이라는 점이다. 문학적인 아름다움과 감동으로 오해되는 경우가 많다는 점도 문제이다. 이러한 장면은 문학적으로 감상적인 포즈일 뿐이지 결코 수준 높은 표현이 아니다.

① 쓸쓸한 바닷가의 풍경
② 첫눈 오는 날의 설렘
③ 사랑하는 연인과의 이별
④ 낙엽이 떨어지는 가을의 슬픔

대상을 감정적으로 접근할 때, 그 대상에 대해 판단을 내리고 글을 쓰는 경우가 많다. 그런데 판단을 내린다는 것은 상식적인 수준에서 대상에 대한 자신의 생각을 직설적으로 드러내는 경우가 많다. 당연히 이런 글은 지나치게 상투적인 감정을 드러낸 글이 되기 쉽다. 결국 이런 글은 묘사도 아니고 진술도 아닌 낡은 생각을 직접적으로 드러낸 감정의 배설일 뿐이다. 그

상상력과 묘사가 필요한 당신에게

런데 이와 같은 감정에 대한 오류에도 불구하고 글쓰기 초보자들이 가장 많이 쓰는 유형의 글은 감상적인 글이다. 그들은 낙엽이 떨어지는 가을의 슬픔을 토로하거나, 사랑하는 연인과의 이별을 격정적으로 쏟아 내거나, 바닷가의 쓸쓸한 풍경을 담거나, 첫눈 오는 날의 감정을 예쁘게 그리려고 한다.

한 가지 재미있는 점은 감상적인 글을 쓴 사람들이 의외로 감상적인 글의 오류를 쉽게 고친다는 점이다. 글의 감상성을 지적하면 얼마 지나지 않아 감상적 인식을 제거한 글을 써 오는 경우가 많다. 문제는 감상적 인식을 고친 이후에 발생하곤 한다. 감상적 인식을 극복하려는 노력이 지나친 나머지 기계적인 글을 써오는 경우가 많은 것이다. 그리고 문제는 여기에서 그치지 않는다. 더 큰 문제는 기계적인 부분을 극복하는 것이 쉽지 않다는 점이다. 글쓰기 초보자들은 감상성과 기계적 글쓰기라는 양극단에서 길을 잃어버리는 경우가 많다. 기계적인 글 속에 감정적인 부분을 어느 정도 어떻게 넣어야 되는지에 대한 어려움에 직면하는 것이다. 한 아이의 죽음을 통해 감정의 거리 조정에 대해 설명한 다음 부분을 보도록 하자. 다음의 예시는 김준오의 『시론』(삼지원, 2008(4판), 326~327쪽 참조)에 있는 내용을 이해하기 쉽게 수정한 것이다.

한 아이의 죽음을 바라보는 세 명의 시선

① 엄마

② 주치의

③ 신문기자

여기 한 아이의 죽음이 있다. 그리고 그 아이의 죽음을 바라보고 있는 세 사람이 있다. 한 사람은 죽은 아이의 엄마이고, 한 사람은 그 아이의 죽음을 취재하러 나온 신문기자이고, 마지막 한 사람은 죽은 아이를 오랫동안 보살펴온 주치의이다. 우리는 과연 어떤 입장에서 글을 써야 할까? 여러분도 짐작했겠지만 당연히 오랫동안 아이를 보살펴온 주치의 입장에서 글을 써야 한다. 죽은 아이에 대한 인간적인 연민을 가지고 있으면서 동시에 의사로서의 객관적 태도를 취할 수 있는 의사의 입장이 가장 적절한 거리감을 지니고 있기 때문이다. 아이의 엄마는 감정을 제어할 수 없기 때문에 아이의 죽음을 하나의 글 안에 제대로 담아낼 수 없다. 따라서 엄마의 입장에서 쓴다면 감정이 뒤범벅이 된 글이 나올 가능성이 높다. 물론 아이 엄마의 글에는 절박함이 절절히 묻어나겠지만 절박한 감정과 좋은 글이 지녀야 하는 객관적 거리 조정은 별개의 문제이다. 그리고 신문기자의 입장 역시 감정이 지나치게 배제되어 있다는 점에서 좋지 않다. 신문기자의 입장은 대상과의 거리가 지나치게 멀기 때문에 발생하며 기계적인 문장이 되기 쉽다. 문장을 기계적으로 쓰면 감정이 완전히 제거되기 때문에 무미건조한 글이 되기 쉽다. 다음 문장을 보자.

한 사람이 책상에 앉아 있다. 그는 책을 읽고 있다. 책을 읽다 말고 그는 창밖을 본다. 창밖에는 아이들이 지나간다. 그는 다시 책을 읽는다.

대상과의 거리가 지나치게 먼 글은 위의 예에서처럼

상상력과 묘사가 필요한 당신에게

어떠한 미적 인식도 느낄 수 없으며 대상을 기계적으로 바라보는 글이 되기 쉽다. 이처럼 감상적 인식을 완전히 걷어낸 문장은 아무런 감정도 전달하지 못한다. 감상적인 글을 쓰지 않도록 주의해야 하지만 분명한 것은 글쓰기가 감정적인 작업이라는 점이다. 그런 점에서 기계적인 글은 감상적인 글 이상의 문제를 가지고 있다.

① 1인칭 화자와 작가의 심정적 거리가 가까운 경우
② 1인칭 화자와 작가의 심정적 거리가 먼 경우

감정의 문제와 관련하여 한 가지 덧붙이자면 여러분이 쓴 글의 화자가 1인칭인지 점검할 필요가 있다는 점이다. 1인칭 화자까지는 아니어도 글을 쓸 때 작가의 태도가 지나치게 1인칭의 관점에서 쓴 것은 아닐지 생각해볼 필요가 있다. 1인칭 화자를 사용하는 것 자체는 아무런 문제가 없다. 다만 1인칭 화자가 작가 자신과 동일시될 때 문제가 발생할 수도 있다. 작가가 자신의 이야기를 1인칭 화자로 이야기하면 작가 자신의 감정이 더 강렬하게 글에 투영될 수 있는데 이때 글에 드러나는 감정이 지나치게 감상적이 될 여지가 많다. 이런 경우에 의식적으로 1인칭 화자를 쓰지 않도록 하면 작가와 화자 사이에 거리감이 생기기 때문에 감상적인 태도를 줄일 수 있다. 그리고 1인칭 화자로 글을 쓰는 경우에도 글 속의 1인칭 화자와 작가를 의식적으로 분리하는 습관을 들여야 한다. 작가는 1인칭 화자와 떨어진 곳에서 객관적으로 화자를 응시해야 한다. 그랬을 때 1인칭 화자를 통해 나타날 수도 있는 감상적 인식의 오류를 벗어날 수 있다.

문장을 망하게 하는
낡은 장식들

우리는 멋지고 아름다운 문장을 잘 쓴 글이라고 착각하는 경우가 많다. 하지만 글을 쓴다는 행위는 아름답고 멋진 문장을 사용하는 것만을 의미하지 않는다. 물론 멋지고 아름다운 문장을 나쁘다고 할 수는 없다. 하지만 멋지고 아름다운 문장만이 글쓰기의 본질이라고 할 수는 없다. 그리고 멋지고 아름답다고 생각했던 문장이 사실은 전혀 그렇지 않은 경우가 대부분이라는 데 더 큰 문제가 있다. 문장을 정말로 멋지고 아름답게 쓰면 좋지만 상투적으로 꾸며 쓴 글을 좋은 글이라고 생각하는 것이야말로 큰 문제이다.

글쓰기가 글쓴이의 감정과 생각 등을 표현하고 전달하는 것이기는 하지만 그것을 상투적이고 모호하게 표현한다면 그 글은 죽은 글이 될 수밖에 없다. 좋은 글이란 글쓴이가 드러내려고 하는 것을 감각적이고 새롭고 정확하게 전달하는 것이다. 많은 사람들이 상투적인 표현을 하고 그것을 멋있고 아름다운 표현이라고 생각한다. 하지만 우리가 습관적으로 사용했던, 멋지고 아름답다고 생각했던 문장의 상당수는 그렇지 않은 경우가 많다. 그런 문장 중의 상당수는 상투적으로 꾸며 쓰거나, 진부한 생각을 드러내거나, 감상적인 감정을 그럴듯하게 꾸며 쓴 것에 불과한 경우가 많기 때문이다.

봄바람이 살랑살랑 불어왔다.

상상력과 묘사가 필요한 당신에게

많은 사람들이 사용하는 특별할 것 없는 평범한 문장이다. 이런 표현을 일상생활에서도 하는지 생각해보아야 한다. 아마 평상시에도 이렇게 말하는 사람은 별로 없을 것이다. 분명 글을 쓸 때는 흔하게 쓰는 표현인데 일상적으로 쓴다면 낯간지러운 감정에 뻔하고 진부한 느낌마저 든다. 그 이유는 습관적으로 사용하는 표현이 새롭지 않아서이고 거기에 더하여 글쓴이의 감정이 지나치게 개입되어 감상적으로 느껴지기 때문이다. '봄바람'을 통해 연상하는 것은 강인함보다는 부드러움과 연약함이다. 따라서 봄바람을 표현할 때 많은 사람들이 '살랑살랑'이라는 표현을 쉽게 떠올린다. 그런데 이러한 표현은 이미 관습적으로 굳어진 것이다. 이와 같은 표현을 습관적으로 쓰면 진부하고 상투적인 느낌을 자아낸다. 물론 이러한 표현을 절대 쓰지 말아야 한다는 이야기는 아니다. 하지만 문장을 꾸며 써야 한다는 강박 때문에 이러한 표현이 습관적으로 나온다면 문제가 된다. 문학적인 표현을 하려고 무엇인가를 더 꾸며 쓰고 감정을 이입하면 안 된다.

봄바람이 살랑살랑 불어와 내 콧등을 살포시 간질였다.

뭔가 상당히 오그라드는 감정에 빠진 문장이다. 이처럼 많은 사람들이 글을 쓴다는 것에 대하여, 특히 문학적 글쓰기에 대하여 감상적으로 쓰는 것이라고 오해하는 경우가 많다. 이런 글을 쓰는 것은 앞서의 사례에서처럼 꾸며 쓰기에 대한 오해로부터 비롯된 것이다. 거기에 더하여 감정의 과잉 상태에 있는 글쓴이가 감정을 조절하지 못하여 감상적인 표현을 했기 때문이다. 좋은 글은 감정을 남발할 때가 아니라 감정을 절제했을 때 비로소 가능하다. 글감을 감상적으로 인식하여 날 것의 감정을 남발하면 안 된다. 오히려 감정을 절제하고 글감이 되는 장면을 객관적으로 표현했을 때 좋은 문장을 쓸 수 있다.

① 봄바람이 불어왔다.
② 삼월의 바람이 천천히 불어왔다.
③ 봄밤을 가로질러 바람이 불어왔다.

①번 문장의 경우는 지나치게 단순한 표현처럼 보일 수도 있지만 "봄바람이 살랑살랑 불어왔다"보다 훨씬 우리의 마음을 사로잡는다. 그것은 우리가 눈물, 콧물로 범벅이 된 멜로 영화에서 감동을 느끼기보다 감정이 제거된 건조한 이별 장면 등에서 더 큰 감동과 울림을 받는 것과 비슷한 이유에서이다. 이처럼 상투적인 수사만 줄여도 여러분의 글은 금세 좋아질 수 있다.
②번 문장의 경우는 '봄바람' 대신 '삼월의 바람'이라고 표현했고, '불어왔다' 앞에 '천천히'를 붙여서 꾸며 쓰기를 했다. 그런데 꾸며 쓰기를 했음에도 불구하고 감상적이거나 상투적인 느낌이 들지 않는다. 그 이유는 '삼월'이라는 표현의 구체성과 함께 '천천히'라는 표현이 전달하는 담담한 감각 때문이다. 이때 '봄' 대신 '삼월'이 상대적으로 더 좋은 표현은 아니다. 하지만 삼월이 전달하는 구체성이 글의 생생한 감각을 살려준다. 그리고

상상력과 묘사가 필요한 당신에게

'천천히'는 객관적인 상태를 지향하는 단어이므로 '살랑살랑'이나 '살포시'에서와 같은 감정의 과잉을 벗어나게 만든다.

③번 문장의 경우는 평범한 표현에 글쓴이만의 개성을 부여한 문장이다. 봄밤을 가로질러 바람이 불었다고 표현하여 새로운 느낌이 들도록 쓴 문장이다. 이와 같은 문장은 글쓴이만의 주관적인 표현이기 때문에 개성적인 느낌을 드러낸다. 그러나 처음부터 이와 같은 문장을 쓰려고 노력할 필요는 없다. 아울러 창조적 글쓰기가 아닌 논리적 글쓰기인 경우에는 이와 같은 개성적 표현이 필수적인 것은 아니다. 다만 기본적으로 자신만의 개성적인 표현을 하려는 노력은 필요하다. 이처럼 문장의 객관적 감각과 개성적인 표현을 갖기 위해서는 관습적으로 굳어진 표현에 주의해야 한다. 하나마나한 표현이거나 상투적이거나 반복적이어서 불필요한 표현을 '장식적 수사'라고 한다. 다음 문장은 진부하고 상투적인 장식적 수사로 이루어진 것이다.

① 꽃잎이 하늘하늘 떨어진다.
② 파도처럼 잔디가 출렁이고 있다.
③ 향기로운 붉은 장미꽃이 아름답게 피어 있다.
④ 따사로운 봄볕을 쬐며 꾸벅꾸벅 졸고 있다.
⑤ 차가운 도시의 빌딩 숲이 우리의 마음을 아프게 한다.

이러한 표현은 관습적으로 많이 쓰이기도 했지만 그것보다 더 큰 문제는 표현이 지나치게 당연한 관계로 이루어졌다는 것이다. 꽃잎은 당연히 '하늘하늘' 떨어지고, 잔디는 '파도처럼' 출렁인다. 그리고 장미꽃을 향기롭다거나 아름답다고 이야기하는 것도 새롭지 않다. 또한 붉은색이 대표 색상인 장미를 굳이 붉다고 할 필요도 없다. 뿐만 아니라 봄볕을 따사롭다고 한다거나 꾸벅꾸벅 존다는 표현, 도시의 빌딩 숲을 차갑다고 한 표현은 모두 지극히 당연한 수사이다. 물론 모든 문장을 완전히 새롭고 기상천외하게 표현해야 한다는 이야기를 하려는 것은 아니다. 다만 우리가 쓰고 있는 표현 중에 진부함이 지나친 것이 없는지는 심각하게 고민할 필요가 있다.

우리는 좋은 글을 떠올릴 때 멋있고 예쁜 글이라고 생각하는 경우가 많다. 그리고 멋있고 예쁜 글에 대해 치장을 하고 꾸며 쓴 것이라고 생각한다. 그러나 좋은 글은 오히려 꾸며 쓰기보다 간결하게 썼을 때 가능하다. 물론 수식을 하여 꾸며 쓰는 것이 무조건 나쁜 것은 아니다. 오히려 신선한 표현이라면 수식이 글의 감각을 높인다. 하지만 글쓰기에 익숙하지 않은 사람들은 일반적으로 과한 수식 때문에 글쓰기에 실패한다. 글을 쓰는 도중에 그리고 글을 완성하고 나서 당연한 관계로 이루어진 수사를 하지 않았는지 점검하도록 하자. 자신의 글에 '추운 겨울'이나 '따뜻한 봄바람', '희망찬 미래', '붉은 태양' 같은 표현이 없는가를 말이다.

자유로운 감각의 힘을
믿어보세요

　　글쓰기가 어려운 여러 가지 이유 중에 하나는 절대적인 독서의 양이 부족한 데다 글을 써 본 경험이 많지 않기 때문이다. 그래도 글쓰기의 어려움에 대해 고민하는 사람들은 독서 경험과 쓰기 경험이 상대적으로 풍부한 경우이다. 그런 점에서 이 책을 읽기 시작한 여러분은 일정 수준 이상의 글을 쓸 수 있는 사람이거나 그런 마음을 먹은 사람이다. 따라서 여러분의 글쓰기는 이미 다른 사람보다 앞선 지점에 있다고 할 수 있다. 그런데 과연 글쓰기에 관심이 있는 우리라고 하여 글쓰기에 두려움이 없을까? 당연한 이야기이지만 글쓰기에 관심이 있는 사람들도 글쓰기는 여전히 어려운 그 무엇이다.

　　그렇다면 왜 읽기와 쓰기 경험이 어느 정도 있는 사람들조차 글쓰기에 어려움을 느끼는 것일까? 글쓰기에 어려움을 겪는 이유는 여러 가지가 있지만 쓰기라는 행위 자체에 대한 어려움보다 다른 곳에 원인이 있는 경우도 많다. 물론 '쓰기' 자체도 어렵고 힘든 것이 분명하다. 그러나 다른 부분이 해결되지 않아 '쓰기'가 더 힘든 측면도 있다. 상상력과 묘사가 없는 '쓰기'라는 행위만을 생각할 때 글쓰기는 상투적인 틀에 갇혀 어렵고 힘든 고통이 된다. 그러나 '쓰기' 이전에 '상상하기'와 '바라보기'로 글을 이해할 때 글쓰기는 새로운 세계를 만들어내는 낯설고 흥미로운 작업이 된다.

　　어린 시절의 미술 시간을 생각해보자. 어린 시절의

미술 시간에 우리는 마음먹은 것을 자유롭게 상상하며 그림을 그렸다. 그림 속에 억지로 그럴듯한 주제 의식을 넣으려고 하지도 않았다. 그래서 어린 시절의 그림에는 상상력이 자유로운 세계를 펼쳤고 상투적인 주제가 드러나는 경우도 없었다. 그것은 그저 자유로운 상상이었고 감각적인 하나의 이미지였을 따름이다. 그러나 생각해보면 어린 시절에 그린 그림에 주제 의식이 없었다고 할 수 있을까? 오히려 어린 시절의 그림은 자유로운 상상력과 감각을 통해 더욱 자유롭고 풍요로운 주제 의식을 제시할 수 있다. 어린 시절의 그림은 상상력과 감각을 통해 드러나는 것이므로 상투적 세계로부터 벗어날 수도 있다.

　　대부분의 사람들은 무수히 많은 글쓰기 교육을 받았다. 그런데도 글쓰기는 여전히 어렵고 두려운 작업이다. 그것은 글쓰기를 어린 시절의 그림 그리기처럼 자유롭게 대하지 않기 때문이다. 글이란 분명 사유의 결과물이지만 사유 중심의 글쓰기가 언제나 좋은 글이 되는 것은 아니다. 무엇을 쓸지 지나치게 고민하는 것이 때로는 독이 될 수 있음을 명심해야 한다. 고민은 가장 기본적인 수준 정도만 해도 충분하다. 그 이후의 글쓰기는 상상력과 묘사라는 여러분의 감각에 맡기도록 하자. 그것만으로 글쓰기에 대한 준비는 충분하다. 그 이후는 그저 여러분이 그동안 쌓은 문장력으로 하나의 문장과 문단을 완성하면 된다. 상상력과 묘사 훈련을 어떻게 할 것인가에 대한 지나친 고민도 놓아버리도록 하자. 여러분은 소설을 읽듯 이 책이 펼쳐 놓은 여러 이야기를 자유롭게 상상하고 이미지를 떠올리면 된다. 그것만으로도 여러분의 글쓰기는 완전히 다른 세계와 만날 수 있을 것이다.

　　　　　　　　상상력과 묘사가 필요한 당신에게

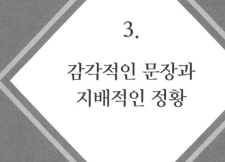

3.

감각적인 문장과
지배적인 정황

지배적인 정황으로부터,
당신의 문장

글을 쓸 때 우리는 흔히 글솜씨 자체만을 생각하는 경우가 많다. 그리고 글솜씨를 문장력에 한정하여 생각하는 경향이 강하다. 이것은 과연 맞는 말일까? 글솜씨가 좋다는 것은 분명 읽기에 괜찮은 글을 쓴다는 말이다. 그리고 좋은 문장력이 글쓰기의 기본이 되는 것 역시 분명하다. 하지만 이것만으로는 우리의 마음을 사로잡는 매력적인 글이 되지는 못한다. 글이 단순하게 단어와 문장으로만 이루어진 것이 아니기 때문이다. 오히려 글을 쓴다는 것은 글에 내장된 어떤 감각을 드러내는 것이다. 물론 글솜씨가 좋은 사람은 별것 아닌 장면 가운데에서도 매력적인 글을 만들어낼 수 있다. 하지만 이 경우에도 그것이 문장력에서 비롯된 글솜씨만으로 이루어졌다고 할 수는 없다.

글을 쓴다는 행위는 실제로 단어를 선택하여 문장을 만들고 문장을 통해 문단과 단락을 이루는 외적인 행위만을 의미하지 않는다. 오히려 좋은 글을 쓰려면 글을 통해 전달할 수 있는 그 어떤 매력과 감각이 드러나도록 해야 한다. 우리가 글의 신선한 소재를 찾는 것도 그런 이유에서이다. 주변에 펼쳐진 여러 장면과 사건 중에서 무엇이 좀 더 그럴듯하게 우리의 마음을 사로잡을 수 있는지를 곰곰이 생각해보아야 한다.

'지배적인 정황'은 글 속의 장면이나 사건이 우리의 마음을 사로잡는 것을 말한다. 우리가 흔히 감동적이라거나 멋있는 글이라고 생각하거나 전율을 준다거나 할 때의 감각이 바로 '지배적인 정황'이다. 이것은 우리의 미적 인식과 미의식을 자극하여 마음속에 감각적인 파동을 만든다. '지배적인 정황'은 우리의 감정과 이성에 매혹적인 울렁임과 지적인 세계를 만들어 우리의 감각을 지배하는 것을 말한다.

조금 쉽게 설명하도록 하자. 게임방에서 웃고 떠들며 게임을 하는 초등학생 한 무리가 있다고 가정하자. 아이들은 게임에 열중하고 있고 그 모습이 무척 귀엽고 흥미진진하기까지 하다. 그런데 이 장면을 가지고 글로 쓸 생각이 과연 들까? 아마도 대부분의 사람들은 아이들의 모습이 귀엽다는 생각은 할 수 있겠지만 그 모습에서 우리의 감각에 충격을 주거나 미적 인식을 느끼지는 못할 것이다. 이 장면에는 우리의 미의식을 지배할 만한 미적 감각이 없기 때문이다.

반면에 고독사한 노인의 텅 빈 방을 묘사한 글은 우리에게 깊은 울림을 전달하며 다가온다. 고독사한 노인의 검버섯이 핀 얼굴과 손을 통해 죽음과 한 몸처럼 삶을 이어온 노인의 외로운 삶을 떠올릴 것이고, 지나치리만치 간소한 노인의 텅 빈 방에서 노인이 견뎌야 했던 고독의 깊은 그늘을 느낄 수 있을 것이다. 고독사한 노인과 텅 빈 방이라는 장면에서 느껴지는 미적 감각이 바로 '지배적인 정황'이다.

글을 쓸 때 저지르는 잘못 중 하나는 소재를 선택할 때 상투적이고 간단하게 생각한다는 점이다. 그리고 그 안에 미적 인식이 느껴질 만한 장치를 부여하지 않고 무작정 줄거리와 글의 내용을 만든다는 점이다. 이런 경우에 단순한 이야기에 그치는 글을 쓸 수는 있지만 그것이 글의 아름다움으로까지 나아가지는 않는다.

　　장례식장과 죽음을 소재로 글을 쓴다고 가정해보자. 이때 장례식장의 상투적인 장면을 가지고 글을 쓰면 누구나 생각할 수 있는 뻔한 글이 된다. 이를테면 대성통곡을 하고 있는 유가족의 모습을 날 것 그대로 표현했을 때 그것은 슬픔의 강도에도 불구하고 우리에게 큰 감흥을 불러일으키지 못한다. 오히려 장례식장 입구에 아무렇게나 있는 신발에 초점을 맞춰 죽음에 대한 글을 쓴다면 완전히 다른 느낌의 글이 될 것이다. 유홍준 시인의 시「상가에 모인 구두들」에서처럼 화투를 치던 조문객이 아무렇게나 놓인 신발을 신고 나가는 모습을, 신발이 신발을 밟고 있는 모습을 쓴다면 인상적인 글이 될 수 있다. 죽음에 대한 직접적인 장면은 아니지만 오히려 우리에게 삶과 죽음과 일상이라는 주제를 더욱 강렬하게 전달한다. 이러한 강렬함이 바로 상투적이지 않은 '지배적인 정황'이다.

　　자살의 장면을 통해 삶과 죽음의 고통을 표현하고자 한 경우도 마찬가지이다. 자살한 장면은 이미지의 강렬함으로 인하여 미적 인식을 전달하기 쉽지만 많은 사람들이 글감으로 쓴 소재이기 때문에 상투적인 글이 될 수 있다. 특히 이 소재는 백일장 등에서 단골 소재로 사용되기도 하는데 그만큼 상투적인 장면이기 때문이다. 그리고 상투적인 장면으로서의 자살이라는 소재는 감상적인 인식이 될 여지도 많다. 하지만 자살이라는 장면이 지니고 있는 강렬함이 그 어떤 매력을 지니는 것도 분명하다. 따라서 인상적인 글이 될 여지가 많기도 하다. 문제는 자살이라는 소재의 상투성을 어떻게 극복하느냐이다. 박성우 시인은 「거미」에서 자살한 사람의 모습을 거미에 빗대어 표현했다. 거미가 허공을 딛고 내려온 모습을 떠올리게 하는, 난간에 목을 매고 죽은 한 남자를 통해 죽음의 고통과 삶의 절박함을 표현했다. 남자의 죽음에 어떤 사연이 있는지는 알 수 없지만 한이 서린 누군가의 집을 응시하며 목을 매 죽은 남자의 모습은 삶의 절박함을 전달한다.

그렇다고 지배적인 정황이 '죽음'과 같은 강한 인상을 주는 장면만을 의미하는 것은 아니다. 우리 일상의 아무것도 아닌 사소한 부분으로부터도 미적 인식과 미의식을 지배하는 '지배적인 정황'을 포착할 수 있다. 길을 걷고 있는 장면이나 혼자 밥을 먹고 있는 아침 밥상의 평범한 모습에서도 충분히 지배적인 정황을 포착할 수 있다. 다만 일상이라는 사소함으로부터 미적인 지배적인 정황을 포착하려면 사물과 사건을 관찰하고 사유하는 능력이 좀 더 필요하다. 일상의 아무 것도 아닌 지점으로부터 유의미한 미적 인식을 만들어내는 것이 강렬한 장면을 통해 미적 인식을 드러내는 것보다 어렵기 때문이다.

아침밥을 먹고 있는 장면을 쓴다고 가정해보자. 아침밥을 먹는 풍경은 특별할 것도 없는 평범한 장면이다. 그러한 장면에서는 대부분 그저 아침밥을 먹는 아무 의미 없는 상황만을 보여주거나 혼자 밥을 먹는 순간의 상투적이고 감상적인 외로움을 드러낼 뿐이다. 이와 같이 평범한 아침 식사 장면에는 좀 더 정교한 미적인 장치가 필요하다. 아침 밥상에 놓인 생선의 눈동자에서 먼 곳에 두고 온, 돌아가고 싶은 바다의 출렁임을 발견하거나 바다의 출렁임과 어둠처럼 가라앉고 있는 것만 같은 방안의 어둠의 질감을 표현해야 한다. 그리고 우두망찰 숟가락을 든 손의 미묘한 떨림을 묘사하고 그 위로 건조하게 내려앉는 적막한 오전의 순간을 묘사해야 한다. 이러한 순간을 포착함으로써 미적 인식과 미의식은 묘사된 세계 속으로 들어서며 우리에게 '지배적인 정황'을 전달한다.

지배적인 정황은 글을 쓰기 이전에 꼭 생각하고 완성해야 하는 것이다. 글을 쓴다는 것은 앞에서도 이야기한 것처럼 단순하게 문장만을 '쓰는' 행위가 아니다. 오히려 글의 분위기와 감각과 사유를 통해 우리의 마음에 파동을 일으키는 것이 우선이다. 그러려면 쓰고자 하는 소재가 이미지나 상황, 사건을 통해 미적인 완결성과 강렬함을 전달해야 한다. 장례식장의 뒤엉킨 신발이라는 장면이 우리에게 삶과 죽음에 대한 감동적인 사유를 전달하는 것처럼, 허공을 딛고 내려오는 거미처럼, 공중에 목을 맨 장면이 주는 강렬함처럼, 글 이전에 우리의 마음을 뒤흔드는 지배적인 정황을 완성하고 나서 글을 써야 한다. 지배적인 정황을 만들지 않고 쓴 글도 문장력을 통해 어느 정도까지 잘 썼다는 인상을 줄 수 있지만 결코 우리의 미적 감각을 뒤흔들 수는 없다. 특히 창조적 글쓰기를 할 때에는 지배적인 정황이 필수적이다. 쓰기 전에 언제나 지배적인 정황을 포착하기 위해 '생각'을 정리하는 시간을 먼저 가져야 한다.

감각적인 글쓰기와
새로움의 힘

　　많은 사람들은 감각적인 글을 쓰고 싶어 한다. 그리고 멋진 문장을 쓰고 싶어도 한다. 하지만 감각적이고 멋진 문장을 쓰는 것은 생각만큼 쉽지 않다. 감각적이고 멋진 글을 쓰고자 한다면 글을 쓸 때 자신의 생각이나 느낌이나 감정과 같은 것을 직접 말하고 있지는 않는지 되짚어보았으면 한다. 그리고 아포리즘처럼 교훈적이고 직설적인 말을 그럴듯하게 포장하고 있는지도 생각해보기 바란다. 아마도 상당수의 사람들이 이러한 글을 멋지고 감각적이라고 생각하고 있을 것이다.

　　감각은 자신의 생각을 말하거나 감정을 토로하는 방식보다는 시각적인 이미지를 통해 표현할 때 훨씬 효과적이다. 따라서 묘사의 글쓰기 방식이 감각적인 느낌을 전달하는 데 효과적이다. 그렇다면 자신의 생각이나 느낌이나 감정을 직접 드러내는 글은 나쁜 것일까? 당연히 생각이나 감정을 직접 드러냈다고 무조건 나쁜 글이 되는 것은 아니다. 글의 종류에 따라 생각이나 감정을 직접 드러내야 하는 경우도 있다. 오히려 설득을 위한 글이라면 당연히 글쓴이의 생각과 느낌, 감정이 들어가야 한다. 하지만 그러한 문장으로만 이루어진 글은 왠지 생동감과 재미가 없는 죽은 문장과 같은 느낌이 드는 경우가 많다.

　　글의 감각은 글쓴이의 이성으로부터 나오는 것이 아니라 글의 대상이 되는 것의 이미지와 그것을 바라보는 글쓴이의 감각으로부터 나온다. 질 들뢰즈Gilles Deleuze가 이야기한 것처럼 글을 쓰는 사람에게 필요한 것은 이성이 아니라 감각일 것이다. 들뢰즈는 예술의 경우에 감각이 이성보다 선행한다고 했다. 물론 글이 이성의 산물인 것은 분명하다. 더욱이 논리적 글쓰기의 경우에는 이성적 글쓰기에 맞는 태도가 필요하기도 하다. 하지만 평론처럼 딱딱한 글에도 감각과 새로움은 꼭 필요하다. 평론은 논리적인 글이지만 감각적이고 새로운 시선과 문장으로 이루어져야 좋은 글이라고 할 수 있다. 식물이 온몸으로 광합성을 하는 것처럼 감각을 동원할 때 좋은 글이 나올 수 있는 것이다.

이성적 판단만으로 글을 쓰면 이성 너머에 있는, 자신의 내부에 잠재한 숨어 있는 것들을 끌어올릴 수가 없다. 글쓰기에서 감각이 중요한 이유는 우리가 미처 생각하지 못했던 것들까지 드러낼 수 있기 때문이다. 결국 글쓰기에서 묘사가 중요한 이유도 이러한 감각을 재현하기에 적합하기 때문이다. 눈으로 바라보는 이미지는 이성보다 감각에 의지한 것이며, 따라서 묘사는 감각을 제시하기에 적합한 글쓰기 방법이다.

글 쓰는 사람이 감각적인 태도를 갖는 것은 단순히 감각적인 문장을 쓸 수 있느냐 아니냐의 문제가 아니다. 감각적인 태도를 지녔을 때 글쓰기뿐만 아니라 대상을 파악하고 분석하고 감상하는 근본적인 능력이 생긴다. 글을 쓰는 사람에게 필요한 능력은 글쓰기 자체에 대한 부분도 있지만 그 이전에 글을 쓸 수 있는 감각을 가지고 있어야 한다. 이러한 감각은 글 쓰는 사람이 갖고 있는 관심사와 긴밀한 관계를 맺는다. 자신이 살고 있는 현재의 삶과 세계를 능동적으로 받아들여야 한다. 감각이라는 것은 단순히 바라보고 느끼는 것이 아니라 삶과 세계를 이해하고 새롭게 바라볼 수 있는 힘이다. 우리 주변의 문화를 적극적으로 받아들이고 문화적인 환경 속에 자신을 놓아야 한다. 그런 것들이 당장 글이 되지 않는다 하더라도 그런 공간에 자신을 풀어 놓는 것은 매우 중요하다. 아무것도 안 해도 좋으니 무작정 홍대나 강남의 거리를 걷도록 하자. 번잡한 도시 한가운데 자신을 던져 우리 삶을 둘러싼 오늘의 감각을 온몸으로 체화할 때 감각적인 글의 씨앗이 마련될 것이다.

새롭지 않아 익숙한 글은 진부한 장면과 표현을 반복할 뿐이다. 예술 작품에서 '낯설게 하기'가 중요한 개념인 것처럼 '낯섦'은 글쓰기의 필수적인 사항이다. 새로움은 개성적인 문장을 포함하여 소재, 형식 등 여러 가지 방식으로 나타날 수 있는데, 진부한 소재를 피하는 것도 새로움을 향한 기본적인 방법이다. 처음부터 새로운 것만을 찾고자 할 때 오히려 글쓰기의 어려움에 직면한다. 새로움의 시작은 진부한 것들을 피하는 것이다. 진부한 소재만 다루지 않더라도 글의 새로움을 어렵지 않게 포착할 수 있다. 그리고 새로운 글쓰기가 펼쳐질 때 글의 감각은 자연스럽게 동반된다. 글의 감각이 새로움만으로 이루어진 것은 아니지만 새로운 느낌을 전달하는 글은 그 자체로 충분히 감각적일 수 있다.

글을 쓰는 사람은 남과 다른 시선을 지니고 새로움을 표현하는 자이다. 감각적이고 새로운 글을 쓰는 것이 쉽지 않다는 어려움을 이야기하는 사람들이 있는데 어려운 작업을 해내기 때문에 그 사람이 글을 쓰는 사람인 것이다. 참신하고 좋은 글은 누구나 쓸 수 있는 것이 아니다. 그런 만큼 우리가 글을 쓰는

상상력과 묘사가 필요한 당신에게

데 어려움을 느끼는 것은 지극히 당연한 일이다. 그러니 새로운 소재와 참신한 문장이 떠오르지 않는다고 좌절할 필요는 없다. 사실 좋은 글을 쓴 작가들도 우리와 다를 바 없는 고민을 한다. 다만 그들은 오래 생각하고 고민하여 그런 어려움으로부터 한 걸음 한 걸음 앞으로 나아가고자 한다. 몇 시간이고 책상에 앉아 생각하는 이들이 작가이고 한 편의 글을 쓰기 위해 오랜 시간 고민하는 것이 글 쓰는 자의 자세이다. 글을 쓰는 것이 어렵고 힘든 작업이라는 점은 당연한 것이니 좌절하지 말고 고민하는 시간과 글을 쓰는 절대적인 시간을 갖도록 하자.

모호한
문장의 유령들

많은 사람들이 구체적이지 않고 모호하게 글을 쓰는 오류를 저지른다. 본인은 구체적으로 썼다고 하는데 정작 무슨 말을 하는지 알 수 없는 경우가 많다. 그 이유는 글의 대상이 되는 것을 피상적·개괄적·관념적으로 인식하기 때문이다. 피상적·개괄적·관념적 인식은 대상의 실체가 없다. 글쓴이의 마음속에는 어떤 상태가 있을지 몰라도 그것을 다른 사람이 알기는 어렵다. 설령 어떤 것인지 안다고 하더라도 대상의 실체가 없기 때문에 모호하기는 매한가지이다.

1) 피상적 글쓰기의 오류

피상적 글쓰기는 예문과 같이 형태가 모호한 것을 의미한다. 글을 쓰는 사람들 중에는 자신의 마음에 있는 불분명한 생각이나 느낌을 막연하게 표현하는 경우가 많다. 글쓴이의 입장에서는 다 알고 있는 생각과 느낌이기 때문에 이렇게 표현하는 것이지만 글을 읽는 사람의 경우는 글쓴이의 문장만 접하므로 글이 정확하지 않다면 그 내용을 제대로 파악할 수 없다. 막연하게 '그것'이라고 하거나 '알 수 없는 그 무엇'이라고 표현하지 말도록 하자.

① 알 수 없는 그곳으로 가고 싶다.
② 파도가 치는 미래의 몽환으로 나아가자.
③ 가을의 떨리는 가슴처럼 밀려오는 그리움

①번 문장은 "알 수 없는 그곳"이 어디인지 알 도리가 없다. 글쓴이는 막연한 미지의 세계를 표현하고 싶었을지 모른다. 하지만 독자들은 "알 수 없는 그곳"이 가 닿을 수 없는 미지인지 어느 곳인지 알 수 없다. 물론 이러한 문장의 의도를 짐작할 수 없는 것은 아니다. 어렴풋하게나마 짐작할 수는 있다. 하지만 짐작만을 떠올리게 하는 모호함은 좋은 문장이 될 수 없다.
②번 문장의 "미래의 몽환"은 과연 무엇일까? 미래라는 관념어와 결합한 "몽환"이라는 단어는 그저 몽롱한 상황만을 제시할 뿐이지 구체적인 공간이나 시간을 제시하지 못한다.

상상력과 묘사가 필요한 당신에게

③번 문장의 "가을의 떨리는 가슴"은 어떤 의미일까? 물론 어떤 감정인지 알 수 없는 것은 아니다. 하지만 그 감정은 막연하고 감상적인 것일 뿐 구체적으로 어떤 감정인지 알 도리가 없다. 그리고 그런 마음을 향해 "밀려오는 그리움" 역시 그리움이라는 막연하고 감상적인 감정일 뿐 그것의 구체적 모습을 보여주지는 못한다.

2) 개괄적 글쓰기의 오류

개괄적 인식은 작은 단위의 사물이나 상태, 사건 등이 아니라 커다란 덩어리로서의 사물, 상태, 사건 등을 의미한다. 이를테면 '공원'보다는 '여의도 공원'이, '여의도 공원'보다는 '휴일 오후의 여의도 공원'이 더 구체적이다. '공원'은 공간을 지시하는 단어이기 때문에 구체적인 것처럼 느껴진다. 하지만 '공원'은 커다란 덩어리로 불분명한 공간일 뿐이다. '공원'에는 무수히 많은 사람들과 상황과 사물이 있다. 그 모든 것을 뭉뚱그려 공원이라고 하면 안 된다. 그것은 많은 사람들이 휴식을 즐기는 공간이라는 정도의 개괄적인 의미만 생각나게 할 뿐이지 정작 공원의 구체적인 모습을 보여주지는 않는다.

좋은 글이란 개괄적으로 나아가 커다란 덩어리를 보여주는 것이 아니다. 오히려 구체적이고 작은 세계를 눈에 보이듯이 정확하게 제시하는 것이 좋은 글이다. 따라서 '휴일 오후의 여의도 공원'을 떠올리고 그 안으로 더 들어가 '휴일 오후의 여의도 공원'에서 볼 수 있는 구체적인 정황을 발견해야 한다.

복도 끝에서 소리가 들린다-복도 끝에서 슬리퍼를
끌고 오는 한 아이의 소리가 들린다

두 문장 모두 복도라는 구체적인 공간이 제시되어
있지만 첫 번째 문장은 무작정 "소리가 들린다"라고 했고, 두 번
째 문장은 "슬리퍼를 끌고 오는 한 아이의 소리가 들린다"라고 했
다. 복도에서 소리가 들리는 정황은 동일하지만 두 문장은 상당
한 차이가 있다. 첫 번째 문장은 복도라는 구체적인 공간이 있지
만 소리의 주체도 없고 어떤 소리인지도 알 수가 없다. 따라서 복
도라는 공간에서 막연히 소리가 들린다는 모호한 정황만 있을 뿐
이다. 이에 비하여 두 번째 문장은 복도라는 공간과 소리의 주체
등이 명확하다. 그리고 이러한 명확함 때문에 복도에서 아이가
슬리퍼를 끌고 오는 모습과 소리는 이미지가 되어 선명하게 다가
온다. 좋은 글은 구체적이고 정확해야 한다. 그리고 그것이 선명
한 이미지로 우리에게 감각화된 장면을 전달해야 한다.

3) 관념적 글쓰기의 오류

글쓰기에서의 관념은 기쁨·슬픔·지루함 등 형체
가 없는 생각과 감정 등을 의미한다. 관념의 경우는 개괄적인 인
식을 할 때 흔히 나타나기 때문에 개괄적 인식의 오류이기도 하
다. 관념은 우리의 의식이나 감정에 있는 포괄적이고 원론적인
형태의 개념이다. 따라서 관념은 구체적인 이미지나 공간, 시간,
주체 등을 갖기보다는 우리의 마음·정서·의식·사유 등을 직접

상상력과 묘사가 필요한 당신에게

적으로 보여준다.

　　　　관념적 인식을 가지고 글을 쓴다는 것은 무형의 세
계인 의식과 감정을 드러내는 것이므로 감각적인 글쓰기가 되기
힘들다. 더구나 관념은 피상적 인식과 개괄적 인식 모두를 포함하
는 더 큰 상위 개념이다. 따라서 관념적 인식을 드러내는 글쓰기
는 인간의 인식 가운데 제일 상위에 있는 개념을 드러낸다. 그렇
기 때문에 관념적 인식은 글의 주제 의식보다 더 크고 포괄적인
개념이다. 물론 주제 의식 역시 전체를 포괄하므로 구체적인 이미
지가 아닌 것은 맞다. 하지만 '슬픔'이라는 포괄적 관념보다는 구
체적으로 글쓴이의 생각과 의지를 구체화한다. 그만큼 관념적 인
식은 구체적인 것과 가장 거리가 먼 포괄적 개념이다.

구체적으로 써야
알 수 있어요

　　　　그렇다면 구체적인 문장으로 글을 쓰기 위해서는
어떻게 해야 할까? 구체적으로 글을 쓴다는 것은 글감을 잘게 쪼
갠 작은 단위를 대상으로 쓰는 것을 말한다. 그러니까 잘게 쪼개
지 않은 커다란 덩어리 모두를 묘사하는 것이 아니라 커다란 대
상을 세분화하여 쪼개고, 이렇게 작게 나눈 정황을 묘사하는 것
이다. 이를테면 공원을 소재로 하여 글을 쓰고자 할 때, 공원 전
체를 묘사하는 것이 아니라 공원의 여러 모습 중 하나를 선택하

여 그것을 집중적으로 묘사하는 것이다.

공원A

공원a-1	공원a-2	공원a-3
공원a-4	공원a-5	공원a-6
공원a-7	공원a-8	공원a-9

오규원, 『현대시작법』(문학과지성사, 1993), 46쪽 참조

공원A는 공원의 구체적인 이미지가 드러나지 않는다. 이때 공원은 우리의 의식 속에 구체적인 모습으로 다가오는 것이 아니라 공원이 환기하는 어떤 감정과 관념으로 다가온다. 따라서 공원의 실제 모습이 떠오르기보다 공원에 대한 막연한 생각과 느낌이 떠오른다. 공원A를 통해 떠오르는 것은 휴식이나 안식과 같은 관념적이고 개괄적인 것들이다. 따라서 공원이라는 실체를 우리 앞에 구체적으로 보여줄 수 없다. 이때 공원은 그저 우리 의식 속에 몽롱하게 떠오르는 피상적인 개념일 뿐이다.

공원 - 여의도 공원 - 휴일 오후의 여의도 공원

이와 같은 구조의 흐름에 따라 구체화될 때 공원은 우리 앞에 비로소 실체를 드러내며 이미지화한다. 그저 공원이라고만 부를 때 우리는 공원의 일반적인 모습을 떠올릴 수는 있지만 그것으로부터 구체적인 정황이나 사건을 떠올리기는 쉽지 않다. 그저 숲이나 소풍 나온 사람들이 있는 평화로운 공원의 막연한 장면만을 떠올리게 된다.

상상력과 묘사가 필요한 당신에게

개괄적이고 피상적인 공간과 의미로서의 공원이 아니라 좀 더 구체적인 공원일 때 이미지는 비로소 모습을 드러낸다. '공원'보다 '여의도 공원'이라고 말을 할 때 공원은 여의도라는 구체적 장소를 통해 한층 선명한 이미지가 된다. 그리고 이러한 여의도 공원을 '휴일 오후의 여의도 공원'이라고 하면 공간이라는 장소성에 휴일 오후가 전달하는 시간과 감각이 더해져서 매우 구체적이고 고유한 감각을 만들어낸다. 여기에 더하여 아래의 정황처럼 더욱 구체적인 정황을 부여하면 글의 씨앗이 될 수 있다.

① 공원에 소풍 나온 가족
② 공원에서 데이트를 하고 있는 연인
③ 공원 입구에서 솜사탕을 팔고 있는 노점상
④ 공원 편의점에서 컵라면을 먹고 있는 직장인
⑤ 공원 편의점에서 컵라면을 먹고 있는 고등학생
⑥ 공원 화장실에서 모여 담배를 피우고 있는 학생들
⑦ 벤치에 앉아 저물녘의 하늘을 바라보고 있는 노인
⑧ 벤치에 누워 신문지를 덮고 잠을 청하고 있는 노숙자
⑨ 공원 앞 도로를 건너다 로드킬 당한 늙은 개 한 마리

위에서 예로 든 아홉 개의 정황은 '공원 – 여의도 공원 – 휴일 오후의 여의도 공원'에 이어 훨씬 더 구체적인 이미지를 제시한다. 그리고 이렇게 구체화된 장면은 막연하지 않은,

구체적인 이미지가 만들어내는 의미와 감각과 사유가 된다. 좋은 글이란 이렇게 구체적인 장면을 만들고 그것을 집중적으로 묘사할 때 가능한 것이다. 공원이 만들어내는 휴식이니 안식이니 하는 것들은 막연하기만 할 뿐 우리의 감각에 구체화되지 못한다.

그런데 위에 언급한 아홉 개의 정황이 모두 글감으로 적합할까? 일단 구체적인 장면을 제시했다는 점에서 아홉 개의 정황 모두 글감이 될 수 있다. 하지만 그것이 좋은 글감이냐 아니냐를 나눌 필요가 있다. 장면을 제시한다고 해서 그것이 모두 좋은 글감일 수는 없다. 앞에서 이야기한 것처럼 글에는 우리의 미적 인식을 자극하는 '지배적인 정황'이 있어야 한다. 위에 언급한 정황 중에는 '지배적인 정황'인 경우도 있지만 그렇지 않은 경우도 있다. 그리고 어느 정도 미적 감각이 있는 경우에도 지나친 감상성과 상투성으로 인해 글감으로 부적합한 것도 있다.

①, ②, ⑤, ⑥번 정황의 경우는 미적 인식으로서의 '지배적인 정황'이 약한 경우이다. 이 정황들은 구체적이기는 하지만 우리의 미적 인식을 자극할 만한 정서가 부족하다. 그저 단편적이고 기계적이며 특별할 것 없는 장면이다. 이러한 장면에서 글이 전달하는 감동이나 사유를 느끼기는 쉽지 않다.

③, ⑦, ⑧번 정황은 뭔가 문학적이고 감동적인 장면처럼 느껴진다. 그리고 이러한 장면으로 이루어진 글은 어디선가 본 것 같은 느낌이 든다. 이러한 정황이 어느 정도 문학적 감동과 감수성을 불러일으키는 것은 분명 맞다. 하지만 뭔가 익숙한 느낌이 들지 않는지 생각해보도록 하자. 이때 익숙하다는 것은 정황의 상투성 때문에 생기는 문제이다. ③, ⑦, ⑧번 정황은

일차적인 감정에 호소하는 데다가 그동안 무수히 많은 글에서 반복적으로 사용된 상투적인 정황이다. 하지만 이 정황들이 나쁜 글감인 것만은 아니다. 다만 지나친 감상성과 상투성이 문제인데 이와 같은 감상성과 상투성만 극복할 수 있다면 오히려 낯선 국면을 제시함으로써 괜찮은 정황이 될 수도 있다. ③번 정황은 노점상에 대한 감상적 판단을 줄이고 낯설고 객관적으로 대상을 파악해야 한다. ⑦번 정황은 저물녘과 노인이 마지막 순간을 상징한다는 점에서 지나치게 동일한 상투적인 관계에 있다. 죽음을 목전에 둔 순간을 이런 방식으로 표현하는 것은 너무 익숙한 것이다. 또한 노숙자에 대한 ⑧번 정황은 감상적인 소재라는 점에서 흔한 것이다. 물론 좋은 글감이 될 수 있는 소재이기도 하다. 하지만 노숙자에 대한 상투성을 극복하지 못한다면 상식적이고 감상적인 감수성과 판단을 드러내게 된다.

④번 정황은 직장인의 지친 모습을 건조하게 묘사할 때 좋은 정황이 될 수 있다. 그렇게 할 때 '지배적인 정황'으로 기능하며 우리 앞에 미적 인식을 제시한다. 똑같이 컵라면을 먹고 있는 장면이지만 ⑤번 정황과는 다른 감각을 전달한다. 그 이유는 컵라면을 먹고 있는 직장인과 고등학생이라는 차이 때문이다. 직장인이 환기하는 삶의 비애가 우리에게 좀 더 지배적인 장면으로 다가온다.

⑨번 정황은 앞서의 정황들과는 달리 묵직한 울림을 전달한다. 그리고 장면 자체가 제시하는 이미지 역시 우리에게 강렬한 미적 인상을 준다. 공원 앞 도로를 건너다 로드킬 당한 정황은 우리에게 삶과 죽음의 문제라는 묵직한 질문을 던진

다. 이 장면은 감상적이지도 상투적이지도 않다. 오히려 우리에게 삶과 죽음이 무엇인지에 대한 생각을 할 수 있도록 해준다. 따라서 위에 제시한 정황 중에서 글감으로 가장 적합한 것은 ⑨번 정황이다.

⑨번 정황은 미적 인식으로서의 '지배적인 정황'일 뿐만 아니라 매우 구체적이다. ⑨번 정황처럼 미적 인식을 자극할 수 있는 문장을 구체적으로 쓰도록 하자. 피상적·개괄적·관념적 인식을 버리고 눈앞의 장면을 세세하게 묘사하도록 하자. 묘사를 할 때 피상적·개괄적·관념적 인식의 모호함으로부터 벗어나 구체적 문장의 세계로 들어설 수 있게 된다.

상상력과 묘사가 필요한 당신에게

4.

당신의 문장이 구축되는
낯선 비밀들

묘사의 종류와
글쓰기의 방식

묘사는 크게 서경적 묘사, 심상적 묘사, 서사적 묘사로 나뉜다. 서경적 묘사는 우리가 눈으로 바라볼 수 있는 이미지를 표현하는 것을 의미한다. 즉 눈으로 볼 수 있는 사실적인 장면을 묘사하는 것이다. 심상적 묘사는 마음으로 바라보는 이미지를 묘사하는 것을 의미한다. 심상적 묘사를 간단히 설명하자면 비현실적이거나 환상적인 묘사라고 할 수 있다. 서사적 묘사는 묘사인 이미지가 이야기를 따라 전개되는 것을 의미한다. 또한 서경적 묘사와 심상적 묘사는 각각 고정시점, 회전시점, 영상조립시점으로 나뉜다. 오규원은 브룩스C. Brooks와 워렌R. P. Warren의 책 『Modern Rhetoric』(Harcourt Brace jovanovich, 1979)과 문덕수의 『문장강의』(시문학사, 1985)를 참고로 하여 아래와 같이 묘사의 종류를 정리했다.(『현대시작법』, 문학과지성사, 1993) 조금 어렵지만 다음 설명을 읽으면 묘사가 무엇인지 자세하게 알 수 있을 것이다.

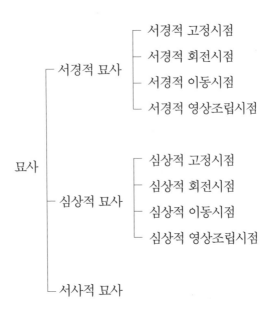

위와 같은 묘사의 구분법은 시에서 묘사를 나눌 때 사용하는 방법이지만 일반적인 글쓰기에도 거의 그대로 적용하여 묘사를 설명할 수 있다. 물론 세부 항목 중에서 영상조립시점은 일반적인 글쓰기에서 자주 쓰이는 묘사의 방법은 아니다. 하지만 상상력을 확장시킬 수 있는 좋은 방법이라는 점에서 알아두면 매우 유용하게 쓰일 수 있는 독특한 묘사의 방법이다.

서경적 묘사는 글쓰기의 기본이라고 할 수 있는 중요한 묘사 방법이다. 눈으로 바라볼 수 있는 장면을 묘사하기 때문에 가시적인 장면을 주로 다룬다. 이때 가시적 세계의 이미지를 묘사하는 서경적 묘사는 눈앞에 당장 볼 수 있는 가시권의 장면과 지금 당장 볼 수는 없지만 눈으로 바라볼 수는 있는 비가시

상상력과 묘사가 필요한 당신에게

권의 사물 모두를 포함하는 개념이다. 그러니까 서경적 묘사는 지금 당장 보이는 이미지와 먼 곳에 있더라도 눈으로 볼 수 있는 이미지 모두를 의미한다. 우리가 흔히 사용하는 사실적인 묘사의 방법이 바로 서경적 묘사이다.

서경적 묘사 = 가시적 이미지(가시권에 있는 가시적 이미지 + 비가시권에 있는 가시적 이미지)

우리는 그동안 서경적 묘사만으로 글을 써온 경우가 대부분이다. 그런데 눈으로 바라볼 수 있는 이미지인 서경적 묘사를 할 때, 주변의 낯익은 장면을 상투적인 판단을 통해 묘사함으로써 진부함에 빠진 경우가 많았다. 서경적 묘사를 할 때에는 특히 상투적이거나 감상적인 판단이 개입된 장면이 아닌가를 고민해야 한다.

심상적 묘사는 눈으로는 볼 수 없는 이미지이기 때문에 비현실적이거나 환상적인 장면인 경우가 많다. 작가의 상상력이 뒷받침될 때 가능한 개성적인 글쓰기 방법이다. 따라서 심상적 묘사는 글쓴이만의 개성적인 표현이 된다. 우리가 작가들의 글을 읽다가 멋진 표현이라고 감탄할 때를 생각해보자. 아마 작가는 멋진 비유를 하거나 새로운 표현을 해서 여러분을 놀라게 했을 것이다. 작가들이 사용하는 멋있고 낯선 표현의 상당 부분은 이와 같은 심상적 묘사의 방법을 사용하는 경우가 많다.

서사적 묘사는 묘사인 이미지가 서사인 이야기를 따라 전개되는 글쓰기 방법이다. 서사적 묘사를 하면 글의 구조가 탄탄해지는 장점이 있기 때문에 체계적인 전개를 할 수 있다. 하지만 서사적 묘사는 글의 전개 방법이기 때문에 묘사보다는 글의 전반적인 구조나 구성과 더욱 긴밀한 연관을 맺는다. 그럼으로써 서사적 구조는 체계적인 글을 전개할 수 있도록 도와준다. 서사적 묘사는 문장의 표현력을 기르거나 묘사 연습을 하는 데 도움이 된다기보다 문장과 문장 사이의 관계를 매끄럽게 한다거나 문단과 문단의 연결을 자연스럽게 하는 데 도움을 준다. 만약 자신의 글이 이해하기 힘들다는 평가를 받거나 구조가 치밀하지 못하다면 글에 서사(이야기)를 넣어 써보도록 하자. 그러면 글의 빈틈이 채워지기 때문에 좀 더 꼼꼼하게 글을 쓸 수 있을 것이다.

서경적 묘사와 심상적 묘사는 각각 세부적으로 고정시점·회전시점·이동시점·영상조립시점으로 나뉜다. 고정시점은 고정되어 있는 대상을 집중적으로 묘사하는 것을 의미하며, 회전시점은 화자를 중심으로 주변을 회전하며 바라보는 묘사를 의미하며, 이동시점은 장소를 이동하며 바라보는 묘사의 방법이다. 영상조립시점은 어울리지 않는 조각들을 한데 모으는 것처럼 조각난 영상을 조립하는 묘사의 방법이다.

서경적 묘사는 눈으로 볼 수 있는 것을 고정·회전·이동시점·영상조립시점의 방법으로 묘사하는 것이고, 심상적 묘사는 눈으로 볼 수 없는 환상적이고 비현실적인 장면을 고정시점·회전시점·이동시점·영상조립시점으로 묘사하는 것이다. 마음으로 바라보는 것과 같은 비현실적이고 환상적인 이미지를 묘사한다는 점을 제외하고 심상적 묘사의 방법은 서경적 묘사와 동일하다. 그런데 글을 쓸 때 세부적인 묘사의 방법에 너무 얽매일 필

상상력과 묘사가 필요한 당신에게

요는 없다. 묘사의 방법이란 것이 특정한 방법으로만 이루어지는 경우는 별로 없기 때문이다. 두 개 이상의 묘사가 섞여 나타나는 경우가 일반적이기 때문에 하나의 묘사만 쓰고자 노력할 필요도 없다. 서경적 묘사와 심상적 묘사는 단독으로 쓰일 수도 있지만 대부분 서로 어울려 사용된다. 묘사의 방법을 위와 같이 세분하여 설명하기는 했지만 일반적인 글쓰기에 적용하는 것은 서경적 묘사와 심상적 묘사처럼 큰 단위만으로도 충분하다. 고정시점·회전시점·이동시점은 굳이 신경 쓰지 않아도 자연스럽게 글에 적용되기 때문이다.

눈으로 바라보는 이미지: 서경적 묘사와 글쓰기

서경적 묘사는 눈으로 바라볼 수 있는 묘사이다. 눈으로 볼 수 있는 장면을 묘사하는 것이므로 가시적인 장면을 제시한다. 가시적이라는 말은 눈으로 볼 수 있다는 말이며, 지금 당장 볼 수 있는 가시권의 사물과 당장은 볼 수 없지만 해당 장소에 가면 볼 수 있는 비가시권의 사물 모두를 포함한다. 눈으로 볼 수 있다는 것은 현실 세계에서 볼 수 있는 것을 의미하기 때문에 사실적인 장면을 의미한다. 따라서 서경적 묘사는 우리가 볼 수 있는 장면을 묘사하는 것을 의미한다.

볼 수 있는 사물을 묘사할 때 주의할 것은 익숙함

이 전달하는 진부함과 상투성이다. 너무나 익숙한 장면이나 상투적인 장면은 새롭지 않기 때문에 글을 진부하게 만든다. 따라서 서경적 묘사를 할 때 특히 주의할 점은 진부한 장면을 쓰지 않아야 한다는 것이다. 우리가 흔히 글의 소재로 적합하다고 생각하는 장면들 중에는 의외로 진부한 것들이 많은데 우리의 일차적인 감수성에 호소하는 감상적인 소재도 꼭 피해야 하는 것들이다.

① 지하철에서 구걸하는 사람과 외면하는 사람들
② 저녁의 산동네와 골목길을 비추고 있는 가로등
③ 역전에 앉아 있는 노숙자의 슬픈 눈
④ 저물녘 바닷가를 걷고 있는 연인
⑤ 낙엽이 깔린 도로 위를 외롭게 걷고 있는 사람

이런 장면들은 우리의 감성 안으로 들어서며 뻔하거나 오글거리는 느낌을 준다. 그런데 이와 같은 장면을 언뜻 문학적이고 감수성이 넘치는 것으로 오해하기 쉽다. 이러한 장면은 상투적인 감정의 배설에 불과한 것이다. 물론 예문에 제시한 장면을 절대적으로 쓰면 안 되는 것은 아니다. 하지만 예문의 장면을 쓸 때에는 좀 더 섬세한 접근법이 필요하다. 다른 관점에서 이러한 장면을 바라보거나 문장의 수사적 아름다움을 통해 소재의 진부함을 극복하거나 객관적인 감정의 거리 조정을 통해 감상적인 면을 줄여야 한다. 하지만 글쓰기에 익숙한 사람이 아니면 이런 방법으로 글의 상투성과 감상성을 극복하는 것은 쉽지 않은 일이다. 그렇다면 어떻게 이러한 문제점을 해소해야 할까? 문제

상상력과 묘사가 필요한 당신에게

에 대한 답은 의외로 간단하다. 이와 같이 상투적이거나 감상적인 장면을 처음부터 쓰지 않는 것이다.

우리 주변에는 글감으로 사용하기 좋은 다양한 장면이 존재한다. 그런데 우리는 그동안 문학적인 장면이라고 오해하고 있었던 익숙한 장면만을 자꾸 떠올린다. 우리가 좋은 글감이라고 생각했던 것들의 상당수는 상투적이거나 일차적인 감정을 유발하는 것들이 많다. 수준 높은 서경적 묘사를 위해서는 우리가 그동안 믿고 있었던 것들을 버려야 한다. 서경적 묘사로 글을 쓴다는 것은 그냥 눈에 보이는 것을 약간의 문학적 감수성에 버무려 쏟아내는 것이 아니다. 서경적 묘사 역시 주변의 사물과 정황 가운데 의식적으로 선택하여 치밀한 고민 뒤에 풀어내야 한다. 의식적으로 상투적인 장면이 아닌, 깊은 사유를 보여줄 수 있는 장면을 포착하려는 노력을 기울여야 한다. 그랬을 때 서경이라는 사실적 장면은 우리에게 이미지의 매혹을 전달할 것이다.

마음으로 그리는 이미지 : 심상적 묘사와 글쓰기

심상적 묘사는 마음으로 바라본 이미지를 묘사하는 것이다. 마음으로 바라본 이미지는 눈으로는 볼 수 없는 이미지를 말한다. 눈으로 볼 수 없기에 심상적 묘사는 비현실적이고 환상적인 이미지를 통해 전달된다고 할 수 있다. 심상적 묘사는 글쓴이가 자신의 마음속에서 주관적으로 만들어낸 장면이기 때문에 작가의 개성적인 문장이기도 하다. 우리는 책을 읽다가 작가의 멋진 표현을 보고 감탄하고는 하는데, 이런 문장이 심상적인 표현인 경우가 많다.

심상적인 묘사는 작가의 개성적인 표현이라는 장점을 지니고 있기도 하지만 작가의 내면에 담긴 미묘한 감정까지 모조리 표현할 수 있다는 장점도 있다. 작가의 내면을 표현할 수 있는 이유는 심상적 묘사의 비현실적이고 환상적인 표현이 작가의 내면 상태를 제시하기 때문이다.

① 비가 온다.
② 비는 흐느끼며 천천히 고개를 돌리기 시작한다.

단순하게 ① "비가 온다"는 표현은 대상의 상태만을 제시할 뿐이다. 우리는 이 문장에서 눈으로 볼 수 있는 사실만을 볼 수 있을 뿐 화자의 심리를 느낄 수 없다. 하지만 ②번 문장은 "비는 흐느끼며 천천히 고개를 돌리기 시작한다"라고 표현함으로써 비가 오는 장면에 감정을 투사했다. 이때 투사된 감정은 글쓴이의 심정과 연결되며 작가의 내면을 표현한다.

① 태양이 저물기 시작한다.
② 태양은 침몰을 거듭하며 어둠을 흐느끼려 한다.

①번 예문 역시 "태양이 저물기 시작한다"는 객관

적인 사실 너머를 제시하지 못한다. 이 문장이 전달하는 정보와 작가의 감정은 글로 표현된 100퍼센트까지만 전달할 수 있다. 그러나 ②번 문장은 단지 태양이 저물고 있다는 정보만을 의미하지 않는다. 여기에는 글쓴이의 내면에 자리 잡고 있는 저물녘의 미묘한 감정이 제시된다. 이 문장은 단순히 태양이 저물고 있다는 행위만 있는 것이 아니라 글쓴이가 느끼는 소멸과 폐허와 슬픔의 감각까지 녹아 있다. 심상적 구조는 이처럼 글쓴이가 표현하려고 하는 것 이상의 숨어 있는 것들까지 모두 제시할 수 있다.

① 나뭇가지가 앙상하게 뻗어 있다.
② 나무마다 걸려 있는 죽은 자의 음성

위의 예문 역시 ①번 문장은 나뭇가지의 이미지를 정보 수준에서 전달하고 있다. 어느 정도의 감정이 녹아 있기는 하지만 나무의 모습이 전달하는 감정과 표현이 특별하지는 않다. 하지만 ②번 문장의 경우는 나무의 모습에 글쓴이의 감정이 투사되어 특별한 감정을 자아낸다. 글쓴이가 느꼈을 나무와 죽음의 불길함은 주관적인 표현인 심상적 묘사를 통해 더욱 강조된다.

심상적 묘사는 일상적으로 사용하는 표현이 아니라서 표현하기 쉽지 않다. 예문을 보았을 때에는 쉽게 이해가 되고 금방 쓸 수 있을 것 같지만 정상 어법으로부터 벗어난 표현이기 때문에 의식적으로 쓰고자 노력하지 않는다면 쉽게 쓸 수 없다. 심상적인 묘사를 하고 싶다면 하나의 장면을 문장으로 쓸 때 심상적 묘사로 바꾸기 위한 의도적인 노력을 기울여야 한다. 심상적 묘사를 하는 것이 처음에는 잘 안 되겠지만 꾸준하게 연습을 한다면 어느 순간 자연스럽게 나올 것이다. 심상적 묘사가 잘 안 된다고 좌절할 필요도 없다. 작가들 역시 이런 표현을 하려고 엄청난 시간과 노력을 기울인다는 점을 잊으면 안 된다.

낯선 상상력을 그리기 위하여 : 영상조립시점과 글쓰기

영상조립시점은 서경적 묘사와 심상적 묘사의 하위 개념이지만 여타의 묘사와 달리 특별한 방법으로 이루어진다는 점에서 개성적인 묘사이다. 영상조립시점은 서로 어울리지 않을 것 같은 파편화된 정황들을 하나의 글로 묶어서 일관된 정서와 감각을 표현한다. 엉뚱한 사물이나 정황 등을 하나의 글 안에 넣어 낯선 이미지를 만들어내는 방법이다. 영상조립시점은 낯선 정황들을 엮는 표현법이니만큼 표현이나 감각이 일반적인 글과는 상당히 다르다. 영상조립시점은 일반적인 글에서는 잘 쓰지 않는 방법이다. 하지만 하나의 주제 안에 낯선 것들을 모아야 하므로 상상력의 힘을 기를 수 있다.

글을 쓸 때 적지 않은 사람들이 주제와 비슷한 상투적인 장면만을 손쉽게 떠올리고 떠올린 상투적인 장면과 크게 다르지 않은 것들을 엮어 한 편의 글을 완성하는 경우가 많다. 이런 글은 누구나 떠올릴 만한 상투적이고 진부한 것들로만 이루어져 새로운 감각과 상상력을 보여주지 못한다. 바로 이때 영상조립시점의 방법으로 낯선 것들을 떠올리려는 노력을 한다면 새로운 것들을 글 속으로 가져올 수 있다.

이를테면 '소멸'이라는 주제를 가지고 글을 쓸 때, 사라져가는 '간이역'을 떠올린다거나 하는 것은 진부한 상상력이다. '간이역'자체도 진부한데 거기에 더하여 간이역 주변에서 포착할 수 있는 뻔한 것들로 글을 구성하면 진부함은 더 깊은 나락으로 떨어지고 만다. '간이역의 하늘을 쓸쓸하게 흘러가는 구름'이라거나 '텅 빈 플랫폼에 외롭게 핀 민들레'라는 것들은 진부한 '소멸'과 진부한 '간이역'과 결합하여 글을 더욱 상투적인 것으로 만들어버린다.

물론 '간이역'에 대한 글을 쓸 수도 있고 '구름'이나 '민들레'를 등장시킬 수도 있다. 하지만 글이 오로지 그러한 상투성과 진부함만으로 이루어진다면 문제이다. 글의 출발이 '간이역'이었다고 하더라도 그것을 좀 더 감각적으로 만들 새로운 글감이 필요하다. 그리고 '구름'이나 '민들레'를 글 속에 얼마든지 보여줄 수는 있지만 그렇다고 해서 그것을 넘어서는 새로운 감각이 불필요한 것은 아니다.

영상조립시점은 조각난 것들을 모아야 해서 '간이역'과 상관이 없는 사물과 정황을 '간이역'과 연결한다. 따라서 간이역에 대한 여러분의 상상력은 간이역 주변 사물이 주는 뻔한 느낌을 벗어나게 된다. 우리는 지금까지 바라본 사물 주변부에서만 글감을 찾으려고 했다. 그래서 글의 정황과 소재는 누구나 떠올릴 법한 상식적인 수준에서 상상력이 전개될 수밖에 없었다.

여러분이 '소멸'을 통해 죽음에 대한 이야기를 하고 자 한다고 가정해보자. 많은 사람들이 장례식장의 풍경이나 사고 현장을 통해 죽음을 보여주려고 할 것이다. 물론 장례식장이나 사고 현장은 글감으로 좋은 소재임에 분명하다. 하지만 죽음이라는 풍경을 떠올리는 우리의 상상력은 장례식장의 영정사진, 향, 통곡 하는 사람들, 조문객의 슬픈 얼굴, 적막함 등이나 피가 흐르는 사고 현장, 신음 소리, 무너진 잔해, 찌그러진 차체 등을 벗어나지 않을 가능성이 많다. 이러한 장면 역시 중요하기는 하지만 이러한 것들 말고 좀 더 낯설고 감각적인 장면은 없을까?

① 시베리아의 유성우
② 타오르는 숲
③ 남극의 혹등고래와 먼 바다의 음역
④ 적도의 적란운
⑤ 저수지의 죽은 물고기 떼

조동범, 『묘사』(모악, 2017), 82쪽.

영상조립시점으로 '소멸'을 떠올리면 죽음의 장면 을 위와 같은 낯선 소멸의 이미지로 표현할 수 있다. 그럴 때 장 례식장이나 사고 현장은 유성우의 사라짐, 타오르는 숲의 불길, 절멸에 이른 고래와 들리지 않는 소리, 사라지는 구름의 허망함, 죽은 물고기 떼의 서늘함 등을 통해 낯선 감각의 '소멸'과 '죽음' 을 보여줄 수 있다. 이러한 낯선 정황은 장례식장이나 사고 현장 이라는 소재 언저리에 있는 것들이 아니어서 낡은 느낌보다 낯설고 새로운 느낌을 준다. 이런 새로움과 낯선 감각을 통해 글은 신선한 표현을 획득한다.

그리고 위의 예문을 그냥 연결하기만 해도 낯선 감각의 글이 되기도 한다. 물론 이런 방식의 글쓰기는 일반적인 산문이 아니어서 어렵게 느껴진다. 하지만 작가의 내면과 새로움을 전달하는 것은 분명하다. 위에 언급한 다섯 개의 정황은 서로 낯선 관계에 있다. 낯선 장면으로 이루어진 다섯 개의 정황은 '소멸'이라는 주제를 중심으로 서로 연결되어 있는 것이기도 하다. 다섯 개의 정황은 서로 다른 장면이지만 일관된 정서와 감각으로 연결되어 우리에게 낯선 듯 자연스러운 느낌을 전달한다. 이 정황들을 하나의 글로 연결하면 다음과 같다.

시베리아로부터 유성우는 쏟아지지 않는다. 숲은 타오르고 남극의 혹등고래가 먼 바다의 음역을 천천히 더듬고 있다. 적도의 적란운은 끊임없이 피어오르고 끊임없이 사라진다. 그리하여 저수지로부터, 죽은 물고기 떼는 성큼성큼 피어오르기 시작한다.

조동범, 『묘사』, 83~84쪽.

낯선 정황은 이처럼 하나의 주제 안으로 수렴되며 일관된 감각을 펼쳐 보인다. 영상조립시점으로 구성한 글이기에 '소멸'이라는 주제는 다양한 장면으로 확대되며 낯선 이미지를 가져올 수 있다. 굳이 이런 방식의 글쓰기가 아니어도 이와 같은 연상 훈련을 하도록 하자. 그러면 여러분은 '소멸'에 대한 새로운 쓰기 감각을 기를 수 있다. '소멸'은 '유성우-불길-고래-구름-죽음'이라는 다채로운 장면을 소환하며 상상력을 확장한다. 만약에 '소멸'을 진부한 방식으로 떠올린다면 아마 노인에 대한 글이나 죽음에 대한 단조로운 글 또는 헌책방에 대한 단상 등 상투적이고 단편적인 이야기에 머물 여지가 크다. 앞에서 이야기한 것처럼 장례식장이나 사고 현장의 진부한 모습을 떠올릴 가능성도 많다.

영상조립의 감각으로 상상력을 동원한다는 것은 상식적인 장면 하나에 머물지 않고 확대된 세계로 글의 진폭이 넓어질 수 있음을 의미하는 것이다. 군이 조립된 영상으로 이루어진 글을 쓰지 않더라도 상관이 없다. 그저 조각난 영상과 같이 엉뚱한 상상을 하는 것만으로도 상상력이 풍요로운 새로운 글을 쓸 수 있다. 주제와 소재로부터 멀리 떨어져 있는 글감을 매끄럽게 연결하는 연습을 하자. 그러면 여러분의 글은 어느새 풍요로운 상상력 그 자체가 되어 있을 것이다.

문장 성분과 구조를
비틀어볼까요?

우리는 글을 쓸 때 새롭고 낯선 표현을 하고 싶어한다. 그런데 낯설고 새로운 표현을 하는 것은 결코 쉽지 않다. 이런 표현을 하는 데 어려움을 겪는 여러 가지 이유가 있다. 상상력이 부족해서이기도 하고 표현력과 문장력이 부족하여 수사에 어려움을 느끼기 때문이기도 하다. 이럴 때 단어의 성분과 문장의 구조를 비정상적으로 배치한다면 의외로 쉽게 문제를 해결할 수 있다. 단어의 위치를 낯선 곳에 배치하거나 문장 구조의 앞뒤를 바꾸는 것만으로도 낯선 표현을 제시할 수 있다.

이를테면 명사가 들어가야 하는 곳에 동사를 넣을 수도 있고 형용사를 명사처럼 사용할 수도 있다. 또한 주어의 위치에 서술부에 사용해야 할 단어를 넣거나 서술부에 어울리지 않는 문장을 서술부에 배치할 수도 있다. 물론 이런 문장 구성은 독자들의 동의를 얻을 수 있는 정도의 구조 안에서 이루어져야 한다. 지나치게 어색한 문장 해체는 비문일 뿐이기 때문에 글쓴이의 의도를 제대로 전달할 수 없다. 필자의 시에서 가져온 다음 문장을 살펴보도록 하자.

① 태양은 거대하게 몰락하며 창백한 총신을 흐느낀다.
② 차력의 순간은 오로지 진지한 급소만을 떠올리기로 했다.
③ 목이 잘린 들소들의 과거는 끝나지 않은 비명을 배회한다.
④ 당신은 돌아갈 수 없는 과거와 입국할 수 없는 미래를 중얼거린다.
⑤ 무기력한 평화는 어느새 주체할 수 없는 외로움에 몸을 떨곤 하였다.

①번 문장은 '태양이 몰락한다'와 '총신을 흐느낀다'라는 낯선 구조로 이루어졌다. 태양은 일반적으로 '지고 있다'와 결합하는 단어이다. 하지만 '몰락'과 결합하여 개성적인 감각이 나타난다. 이때 '몰락'은 의미가 강조된 단어인데, 의미가 강조된 단어가 태양이라는 사물 이미지와 결합함으로써 태양의 이미지는 의미를 갖는다. 또한 '총신'을 '창백'하다고 표현함으로써 낯선 감각을 보여준다. ②번 문장은 주어로 사용할 수 없는 '차력의 순간'을 주어로 사용했다. 이렇게 표현하여 자칫 장황해질 수 있는 정황의 표현과 사유를 간결하게 정리했다. 차력사를 주어로 사용할 경우에 오히려 모든 상황을 설명해야 하므로 글이 장황해진다. 하지만 '차력의 순간'이라는, 차력이 일어나고 있는 상황을 주어로 했기 때문에 차력에 대한 장황한 설명이 필요 없다. 또한 '급소' 앞에 '진지한'을 넣어 수식함으로써 위태로운 상황 역시 감각적이고 간결하게 표현했다. ③번 문장은 '목이 잘린 들소'라는 심상적 묘사를 통해 들소를 의미화했으며 '비명'을 '배회'한다고 표현하여 문장의 낯선 구조를 제시했다. ④번 문장은 '과거', '미래'와 어울릴 수 없는 '중얼거린다'를 연결하였다. ⑤번 문장은 주어로 적합하지 않은 '무기력한 평화'를 통해 글의 감각을 새롭게 했다. 이때 '무기력한 평화'는 '무기력'과 '평화' 모두 관념적인 단어이기 때문에 모호해질 여지가 많다. 그런데 이 문장에서 관념적인 느낌이 덜 한 이유는 관념을 대상화했기 때문이다. 관념적인 단어를 사물과 같은 대상처럼 사용하면 관념적인 느낌을 줄일 수 있다. ⑤번 문장의 경우는 관념인 '무기력한 평화'를 주체로 사용하여 사람이라는 분명한 대상처럼 읽힌다.

상상력과 묘사가 필요한 당신에게

① 당신의 신발 속으로 <u>생선의 내장이</u> <u>비릿하게 들</u>
   <u>어선다.</u>
② 당신의 신발에서 비릿한 생선 내장 냄새가 난다.

　　　　위의 예문은 발 냄새가 난다는 의미를 지니는 평범
한 문장 ②를 의인화의 방법을 통해 낯설게 만들었다. 결합이 어
색한 '비릿한 생선 내장'과 '들어서다'를 연결하여 의미가 강조된
①번 문장으로 만들었다. 그럼으로써 ①번 문장은 비극성을 제시
하는, 이미지 속에 작가의 사유와 의미가 빛을 발하는 문장이 되
었다. 이처럼 문장 성분과 구조를 새롭게 쓰는 것만으로도 새롭
고 낯선 문장을 여러분의 것으로 만들 수 있다.

5.

영화로부터 시작되는
상상력과 당신의 문장

영상 이미지와
묘사적 글쓰기

글을 쓸 때 중요한 요소로 글의 회화성과 서사성을 꼽을 수 있다. 현대시의 중요한 특징이기도 한 회화성과 서사성은 시뿐만 아니라 대부분의 글을 감각적으로 만드는 중요한 요소이기도하다. 그런데 생각해보면 우리가 쓴 글 속에 회화성과 서사성이 들어가지 않는 경우가 의외로 많다는 것을 알 수 있다. 반대로 작가들이 쓴 좋은 글이 회화성과 서사성을 바탕으로 이루어진 경우가 많다는 것도 알 수 있을 것이다.

회화성은 글에 등장하는 이미지를 의미한다. 글을 한 폭의 그림처럼 이해하고 표현하면 당연히 묘사적 글이 된다. 영화를 통해 묘사 쓰기 연습을 하면 기존 영상을 통해 이미지를 포착하여 쓰기 때문에 묘사하는 방법을 익히기 쉽다. 특히 기존의 영상은 감독이 이미 미적 구조를 만들어놓은 상태이기 때문에 미적 인식이 느껴지는 묘사를 연습하기 좋다. 영화에서 영감을 얻은 이미지는 그 자체로 훌륭한 한 편의 글이 되기도 한다.

다만 어떤 영화의 어떤 장면을 선택하는지가 문제이다. 영화 이미지를 묘사하는 것이 글쓰기 연습에 도움이 된다고 아무 장면이나 쓰는 것은 곤란하다. 미적 인식에 부합하는 장면을 선별할 능력이 없으면 좋은 묘사를 하기 힘들다. 따라서 기존 영화를 가지고 묘사 연습을 한다는 것은 단순하게 이미지를 모방하여 쓰는 것이 아니다. 미적 인식을 포착하는 것 자체가 이미 창의적인 글쓰기의 출발이다. 영화의 이미지를 모티프 삼아 자신만의 글을 창작하면 감각적이고 매력적인 글을 쓰는 방법을 깨닫기 쉽다.

서사성은 이야기라는 점에서 글쓰기의 중요한 요소인데, 글의 빈틈을 촘촘하게 해주어 구조적인 완결성을 연습하는 데 도움이 된다. 영화는 서사를 기본으로 하는 장르이므로 서사성을 익히는 데 많은 도움이 된다. 특히 글이나 영화의 서사는 아무 이야기를 아무렇게나 하지 않는다. 글과 영화의 서사는 특별한 주제와 감각을 위해 특별하게 선택된 것이다. 영화의 서사는 영상과 마찬가지로 이미 완성도 있게 구축된 것이다. 따라서 기존 영화의 서사 중에서 글쓰기에 적합한 것을 고르고 거기에 자신만의 새로운 의미를 덧씌우는 연습을 한다면 좋은 글쓰기 훈련이 된다. 또한 기존 영화의 서사를 모티프로 하여 자신만의 새로운 글쓰기로 변주한다면 그것 자체가 좋은 글이 될 수 있다. 다만 이때 표절이 되면 곤란하다. 기존의 작품을 통해 글을 쓸 때에는 패러디처럼 기존 작품 너머의 새로움을 제시할 수 있어야 한다.

기존의 영화 이미지를 통해 자신의 글을 쓰는 것은 단순히 영화를 모방하여 글쓰기 연습을 하는 것이 아니다. 글쓰기의 발상과 시작은 기존 영화로부터 시작되지만 그것은 그저 글을 쓰는 사람의 창의력을 자극하는 것에 불과한 것이기 때문이다. 영화로부터 글이 시작된다고 하더라도 그것은 단지 발상

상상력과 묘사가 필요한 당신에게

단계의 모티프로만 기능할 뿐이지 영화 자체를 가져오는 것이 아니다. 글의 씨앗이 된 원작 영화와는 다른 것이어야 한다. 다만 기존 영화 이미지의 원형을 상당 부분 가져와서 자신의 글로 변주했을 때에는 각주를 달아 원작에서 영향을 받았음을 밝혀줘야 한다. 이러한 경우에는 표절 논란으로부터 자유로울 수 없기 때문이다.

영화는 상상력을 연습하는 데에도 매우 효과적인 도구이다. 생각해보라. 영화가 보여준 상상력은 우리가 막연하게 상상하는 것보다 훨씬 강렬하고 놀랍다. 영화의 상상력은 땅과 바다와 우주 등 이곳저곳을 종횡무진 누비며 우리가 상상하는 것 이상의 이야기를 들려주곤 한다. 영화를 통해 우리가 굳이 글쓰기 연습을 하지 않더라도 영화는 그 자체로 우리의 상상력을 자극하는 좋은 공부가 된다.

영상 이미지와 묘사적 글쓰기: 〈중경삼림〉

왕가위,
〈중경삼림〉,
1994.

영화의 이미지를 통해 의미를 제시하는 묘사 문장을 써보도록 하자. 위의 사진은 영화 〈중경삼림〉의 한 장면이다. 〈중경삼림〉에서 그다지 인상적인 장면이 아니어서 대부분의 사람들이 기억하지 못하는 장면일지도 모른다. 이 장면을 예로 든 이유는 얼핏 평범해 보이는 장면이지만 여기에 숨어 있는 상징이 흥미진진하기 때문이다.

영화의 장면은 특별할 것 없는 이미지로 구성되어 있다. 빨랫줄에 흰색 셔츠가 걸려 있고 비행기가 파란 하늘을 가로질러 날아가고 있다. 하늘에는 구름이 있고 건물 옥상에는 텔레비전 안테나 몇 개가 아무렇게나 서 있다. 우리 주변에서 흔하게 볼 수 있는 평범한 풍경이다. 이 장면은 크게 다음과 같은 세 개의 이미지로 나눌 수 있다.

① 흰 셔츠가 빨랫줄에 걸려 있다.
② 비행기가 파란 하늘을 가로질러 날아가고 있다.
③ 옥상에는 텔레비전 안테나 몇 개가 아무렇게나 있다.

세 개의 정황은 특별히 의미화되거나 상징적이거나 감각적인 것이 아니다. 그저 우리 주변에서 흔히 볼 수 있는 평범한 장면이다. 이 장면을 있는 그대로 묘사한 문장 역시 수사적 아름다움이나 의미화된 세계를 만들지 못한다. 하지만 글감에서 상징과 의미를 포착할 수 있는 능력을 키운다면 이처럼 평범한 듯 보이는 정황으로부터 특별한 감각과 상징을 찾아낼 수 있다.

상상력과 묘사가 필요한 당신에게

① 몸통을 잃어버린 셔츠가 허방을 딛고 있다.
② 비행기가 미지를 향해 아득하게 날아가고 있다.
③ 안테나는 수신되지 않는 음역을 흐느끼며 서 있다.

조동범, 『묘사』, 86~87쪽.

　　①번 문장은 '흰 셔츠'라는 객관적인 사물을 '몸통을 잃어버린 셔츠'라는 주관적 표현으로 바꾸었다. '흰 셔츠'가 객관적인 색상 이미지를 보여주는 데 반해 '몸통을 잃어버린 셔츠'는 셔츠에 의미를 부여하여 의미화된 주체로 만든다. 뿐만 아니라 의미 있는 존재로서의 셔츠가 '허방을 딛고 있다'고 표현했는데, '허방을 딛고 있다'는 삶의 근간을 잃어버린 채 살아가는 모습을 의미화한 것이다. 따라서 이 문장은 주체를 상실한 사람이 삶의 뿌리를 잃어버린 채 부유하고 있는 모습을 개성 있게 표현한다. 또한 이 문장은 묘사만으로 이루어졌지만 의미화된 '셔츠'와 '허방'을 통해 의미를 포함한 표현이 되었다. 그럼으로써 묘사와 의미가 절묘하게 결합된 입체감을 느끼게 한다.

　　②번 문장은 비행기가 날아가는 단순한 상황에 '미지'를 넣어 비행기의 상징을 통해 느낄 수 있는 먼 곳으로의 지향을 보여준다. 특히 '날아가고 있다' 앞에 '아득하게'를 넣어 수식하여 '날아가고 있다'에 글쓴이가 표현하고자 하는 감정을 드러낸다.

　　③번 문장에 나타난 '수신되지 않는 음역'은 단순히 안테나의 기능을 말하지 않는다. '수신되지 않는 음역'이 '흐느끼며'와 결합하여 과학적 사실 너머의 의미를 보여준다. 이것은 전파나 소리를 말하는 것이 아니라 소통할 수 없는 슬픔 같은

것을 의미하는 것이다. 안테나는 사물의 지위를 벗어나 감정을 전달하는 매개체가 된다.

상징을 포착하는 능력이 없으면 〈중경삼림〉의 이미지는 특별할 것 없는 한낱 의미 없는 장면으로만 남을 것이다. 하지만 상징을 통해 인문적 사유를 부여할 수 있는 능력을 기른다면 아무것도 아닐 수 있는 장면이 의미 있는 것으로 다가오게 된다. 그리고 이러한 장면은 영화의 서사와 무관하게 글쓴이만의 세계를 만들어낼 수 있다. '허방을 딛고 있는 몸통을 잃어버린 셔츠', '미지를 향해 날아가는 비행기', '수신되지 않는 음역을 흐느끼는 안테나'는 〈중경삼림〉으로부터 떠올린 이미지이지만 〈중경삼림〉과 상관없는 이미지와 서사를 만들어내는 씨앗이 된다. 이 씨앗을 통해 여러분은 자신만의 새로운 글을 시작할 수 있다.

이러한 방법을 통해 글을 전개하는 것에 대해 자신만의 완전한 상상력이 아니라고 거부감을 갖는 사람도 있을지 모르겠다. 하지만 이러한 방법으로 상상력을 전개하는 것은 특별히 문제가 될 것이 없다. 〈중경삼림〉에서 이미지를 가져오기는 했지만 그것은 그저 여러분의 감각을 자극한 씨앗에 불과하다. 모든 창조적인 것은 아무것도 없는 곳에서 툭 튀어나오는 것이 아니다. 아무리 창조적인 것일지라도 그것의 애초는 다른 무엇으로부터 비롯된 것이기 때문이다. 영감을 받아 글을 쓴다는 것은 오로지 글쓴이의 머릿속에서만 나오는 것이 아니다. 무수히 많은 외부의 자극으로부터 글은 시작된다. 〈중경삼림〉의 이미지를 통해 새로운 상상력을 만드는 것도 이것과 다르지 않다. 다만 표절은 절대 안 된다. 표절과 영감을 받는 것은 다른 것이다. 이 점만은 꼭 명심하도록 하자.

영상 이미지와 묘사적 글쓰기 :
〈매트릭스〉

워쇼스키 자매, 〈매트릭스〉, 1999.

영화 〈매트릭스〉는 우리가 믿고 있는 것들이 과연 진실일까라는 질문을 던진다. 진실은 감춰져 있으며, 두 세계는 양립하며, 어느 것이 실재와 허상인지 우리를 혼란스럽게 한다. 이편과 저편. 이편의 세계가 진짜인지 아니면 저편의 세계가 진짜인지 구분하는 것은 쉽지 않다. 내가 믿고 있는 세계가 진짜인지 가짜인지 알 수 없기에 이편과 저편의 경계는 흐릿하고 불분명하다.

〈매트릭스〉는 실재와 허상이라는 철학적인 질문을 던지고 있는 영화이다. 이 영화는 단순히 미래 사회를 다루거나 허무맹랑한 설정으로 가득한 흥미 위주의 작품이 아니다. 〈매트릭스〉의 곳곳에는 감독의 의도에 따라 배치된 철학적 의미와 상징이 자리하고 있다. 철학적 의미와 상징으로 가득한 영화이기에 〈매트릭스〉는 상징적인 모티프를 가지고 와서 나만의 이야기를 만들기에 매력적이다.

〈매트릭스〉에서 실재와 허상을 이어주는 매개체는 전화기이다. 이편의 세계와 저편의 세계를 오갈 수 있는 통로가 전화기이다. 〈매트릭스〉는 흥미로운 철학적 사유와 상징으로 가득한 영화이지만 사실 전화기를 통해 두 세계를 연결한다는 설정은 자연스러운 것이기도 하다.

전화기는 일반적으로 두 사람 또는 그 이상의 사람들 사이의 통화를 의미한다. 전화를 이용하여 연결된 사람들은 각각의 세계와 존재를 상징적으로 보여준다. 따라서 전화기는 단순히 통화를 할 수 있도록 연결하는 도구의 의미를 넘어선다. 그리고 이때 전화기는 사물이 지니고 있는 평면적인 의미에서 세계를 지칭하는 상징화된 존재가 된다.

전화기: 두 사람 사이의 소통 도구
→ 두 세계를 연결하는 매개체

두 사람 → 두 세계 → 실존과 허상

〈매트릭스〉에서 이편의 세계와 저편이 세계를 오갈 수 있는 유일한 매개체는 전화기이다. 우리는 〈매트릭스〉의 중요한 소재인 전화기를 통해 실재와 허상이라는 이야기를 재구성할 수 있다. 그런데 이때 전화기라는 사물과 전화를 하고 있는 사람들 그리고 전화기와 사람들을 둘러싼 배경 이외의 관념적 사유를 직접 말해서는 안 된다. 물론 〈매트릭스〉의 줄거리를 설명하는 것도 안 된다.

상상력과 묘사가 필요한 당신에게

〈매트릭스〉에서 전화기라는 상징을 가지고 와서 여러분만의 새로운 이야기를 만들어야 한다. 글쓴이가 직접 실재의 세계나 허상을 직설적으로 언급해서는 안 된다. 여러분은 그저 전화기를 묘사하고 전화를 하는 장면과 그것을 둘러싼 배경을 보여주기만 해야 한다. 이때 드러나는 전화기와 사람들의 표면적인 모습을 통해 주제 의식을 대신 말해야 한다. 실재와 허상이라는 주제 의식을 직접 언급하는 순간 글은 감각을 잃고 상투적인 주장이 될 것이다.

전화기는 표면적으로 도구와 사물에 불과한 것이지만 그 안에 감춰진 것은 두 세계를 연결하는 매개체라는 철학적 사유이다. 전화를 하는 두 사람을 묘사하는 것 역시 묘사를 통해 실재와 허상이라는 두 세계를 보여줄 수 있다. 이처럼 전화기와 전화를 하는 장면 묘사를 적절하게 표현하는 것만으로도 상징적인 글을 쓸 수 있다.

전화기를 통해서 경계가 불분명한 실재와 허상이라는 이야기를 보여줄 수 있다. 실재와 허상이라는 주제를 감각적으로 쓰고 싶다면 이와 같은 전화기의 상징을 가지고 묘사하도록 하자. 다만 앞에서 말한 것처럼 〈매트릭스〉의 줄거리와 이미지는 완전히 잊어야 한다. 〈매트릭스〉와 관련이 없는 자신만의 이야기를 만들어 전화기의 상징과 결합시켜야 한다. 우리가 〈매트릭스〉에서 가져와야 할 것은 실재와 허상을 상징적으로 보여주는 두 세계의 상징이며 그것을 이어주며 드러내는 전화기일 뿐이다.

〈매트릭스〉로부터 비롯된 상상력의 세계는 이제

전화기라는 단 하나의 사물과 그것이 지니고 있는 사유와 상징을 남길 것이다. 많은 사람들은 자신의 글 속에 인문적 사유를 녹여 내고 싶어 한다. 하지만 글에 철학적 인식을 넣는 것에 어려움을 느끼고 곤혹스럽게 생각하는 경우가 많다. 그러나 인문적 사유를 글에 적용하는 것은 생각보다 어렵지 않다. 글 속에 들어가는 인문적 사유는 사실 누구나 할 수 있는 것이고, 이미 생활 속에서 누구나 하고 있는 것이기도 하다.

〈매트릭스〉에서 떠올린 전화기에 대한 사유가 바로 인문적 사유이다. 전화기를 소통으로 인지하고 글을 쓴다거나 실재와 허상에 대한 의미로 풀어내는 것이 바로 인문적 사유로서의 글쓰기이다. 〈매트릭스〉라는 영화를 떠올리도록 하자. 이후에는 〈매트릭스〉가 보여주는 두 세계를 떠올리자. 그리고 그곳에서 실재와 허상이라는 인문적 사유를 떠올리자. 그 이후에 두 세계를 연결해주는 전화기라는 사물을 머릿속에 그려보도록 하자. 그리고 전화기만 남기고 〈매트릭스〉의 모든 것들을 버리도록 하자. 그런 이후에 마지막으로 (소통으로 상징화된) 전화기를 통해 여러분만의 이야기를 만들어보도록 하자. 어느새 여러분 앞에는 전화기를 소재로 한 인문적 상징의 글이 당도해 있을 것이다.

영상 이미지와 묘사적 글쓰기 :
〈스타워즈〉

영화 〈스타워즈〉의 다스베이더.

　　〈스타워즈〉는 여러분에게 어떤 영화인가? 흥미진진한 SF 영화인가 아니면 킬링타임용 오락 영화인가? 그것도 아니라면 아이들이나 보는 그런 영화인가? 〈스타워즈〉에 대한 생각은 사람들마다 다르겠지만 아마 〈스타워즈〉를 통해 철학적·신화적·원형적 상징을 떠올리는 사람은 그렇게 많지 않을 것이다. 사실 〈스타워즈〉는 상당한 수준의 철학과 신화와 원형이 녹아 있는 영화이다. 여기에는 감춰진 주체와 실존이라는 문제가 등장하고 아버지를 죽이는 오이디푸스 신화가 녹아 있다. 그리고 우주라는 공간이 전달하는 원형적 상징을 바탕에 깔고 있기도 하다.

1) 가면: 감춰진 주체와 실존의 상징

　　가면은 얼굴을 가림으로써 가면을 쓴 사람이 누구인지 알 수 없도록 만든다. 겉으로 드러나는 것은 가면을 쓴 실체와는 무관한 이미지로 우리에게 다가온다. 가면은 실체를 가림으로써 가면을 쓴 존재를 감춰버린다. 이때 우리가 마주하는 것은 실존이 아니라 허상이다. 가면은 허상의 세계를 드러내며 실존을 위장한다. 가면 안의 주체는 참의 세계에서 거짓의 세계를 표상하는 존재가 된다.

〈스타워즈〉를 줄거리로만 이해하면 영화 속에 등장하는 다스베이더는 악당 이상도 이하도 아닌 존재이다. 다스베이더는 그저 등장인물일 뿐이며 극 중에서 그가 쓴 가면은 영화의 설정에 필요한 도구일 뿐이다. 하지만 다스베이더가 쓰고 있는 가면을 인문적 상징으로 생각한다면 문제는 달라진다. 다스베이더의 가면은 위에서 언급한 것처럼 주체와 실존을 감춰버리는 의미 있는 매개체가 된다. 그리고 이렇게 의미화된 가면은 그 자체로 상징적인 소재가 되어 글의 주제가 될 수 있다.

가면에 대한 글은 〈스타워즈〉로부터 출발해도 되고 〈스타워즈〉와 무관한 가면의 상징만으로 이루어진 것이어도 된다. 둘 중 어느 경우에도 가면의 상징을 보여주는 글쓴이만의 독창적인 글이 될 수 있다. 〈스타워즈〉의 다스베이더를 언급하며 가면의 인문적 상징을 전개할 수도 있고, 보편적인 가면의 상징을 통해 깊이 있는 글을 전개할 수도 있다. 또한 〈스타워즈〉 자체에 대한 분석적 글을 가면의 상징을 중심으로 펼쳐 보일 수도 있다. 이런 상징을 중심으로 분석적 글을 쓰면 그것이 바로 좋은 영화 비평이 된다.

텔레비전 프로그램 〈복면가왕〉 역시 가면을 통해 감춰진 주체와 실존을 보여준다. 다만 이때의 가면은 실존을 숨

　　상상력과 묘사가 필요한 당신에게

기는 역할을 통해 오히려 대상의 본질을 드러낸다는 점이 다르다. 〈복면가왕〉의 가면은 노래를 부르는 사람의 얼굴을 감춰버림으로써 목소리라는 노래의 본질에 주목한다. 〈복면가왕〉의 가면은 가수가 누구인지 알 수 없도록 한다는 점에서는 일반적인 가면의 특성과 같지만 얼굴을 가려 목소리라는 가수의 본질을 드러낸다는 점에서 여타의 가면과 다른 특성을 지니고 있다. 이처럼 가면에 대한 사유를 통해 텔레비전 예능 프로그램에 인문적 의미를 부여할 수도 있다. 그리고 이런 분석 능력은 우리의 삶을 새롭게 볼 수 있는 눈을 갖게 한다.

따라서 우리 주변의 상징을 파악하는 것은 글을 쓰는 것 이상의 의미를 지니는 것이다. 숨어 있는 상징과 인문적 사유를 포착하는 능력은 글을 쓰는 사람의 중요한 재능이다. 당연히 이런 능력이 있어야 한층 깊이 있는 글을 쓸 수 있다는 것은 의심의 여지가 없는 사실이다.

2) 아버지와 아들: 신화적 상상력

〈스타워즈〉는 주인공 루크와 아버지 다스베이더가 대결 구도를 갖는 영화이기도 하다. 루크는 악의 축 다스베이더가 자신의 아버지임을 알게 되지만 그와 싸워야만 하는 운명이다. 이 이야기를 단편적으로만 이해하는 사람은 둘의 관계를 단순한 비극 정도로만 이해할 것이다. 하지만 좀 더 깊이 있게 영화를 분석할 수 있는 사람은 아버지와 아들의 관계에서 신화의 감각을 떠올릴 수 있을 것이다.

신화로 인식될 때 〈스타워즈〉는 단순한 비극을 넘어 확장된 외연을 갖게 된다. 신화는 인간의 삶 너머의 세계를 다룬다는 점에서 삶의 본질을 떠올리게 한다. 그런 이유에서 신화는 스케일이 큰 느낌을 자아내는데, 신화적 상상력을 바탕으로 글을 쓰면 바로 이러한 점 때문에 글의 배경과 주제 등에서 외연이 확대되는 특성이 나타난다. 이렇게 썼을 때 글이 사소한 느낌을 주는 것으로부터 벗어날 수 있다. 신화적 상상력은 대체적으로 일상적 세계 너머의 이야기를 통해 전개되므로 중량감 있는 느낌을 자아낼 수 있다.

3) 스타워즈: 우주적 상상력

〈스타워즈〉는 기본적으로 우주를 배경으로 전개되는 영화이다. 따라서 '우주적 상상력과 묘사적 글쓰기'에서도 설명한 것처럼 원형적 상징을 제시할 수 있다. 우주는 바다, 땅, 하늘, 산 등과 같이 인간의 삶 이전에 만들어졌는데, 이런 것들은 인간의 삶과 세계를 초월하는 감각을 자아낸다. 이런 것들은 인간의 삶 이전의 원형적이고 본질적인 세계라는 감각을 지니고 있다. 따라서 우주를 배경으로 펼쳐지는 사건은 우리의 삶과 세계를 초월하는 원형성과 연관을 맺게 된다.

즉 〈스타워즈〉에 등장하는 갈등은 단순히 선과 악이나 종족 간의 다툼이 아니라 인간 안에 내재한 본질적인 갈등을 말하는 것이며 영화 속의 삶과 죽음 역시 단순히 인간의 생물학적인 삶과 죽음만을 의미하지 않는다. 이것은 철학적인 의미로서의 삶과 죽음이라는 본질적인 것으로까지 나아간다. 〈스타워즈〉의 우주를 떠올려보자. 그곳에는 우리가 가닿고자 한 삶의 본질이 있고 인간이 알 수 없는 세계의 진실이 담겨 있다. 〈스타워즈〉의 우주를 통해 우리가 만날 수 있는 것은, 아니 만나야만 하는 것은 이렇듯 숨어 있는 본질적인 문제이다. 그런 것들을 포착할 수 있을 때 우리의 글쓰기는 한층 깊고 넓은 세계와 만날 수 있게 된다.

6.

동화의 상징을
믿어보세요

동화적 상상력과
묘사적 글쓰기

동화가 과연 감각적이고 상상력이 풍부한 이야기로 바뀔 수 있을까? 그리고 동화를 통해 문학적 상징으로 가득한 글을 쓰는 것이 가능할까? 언뜻 생각하기에 동화는 어린이를 대상으로 하는 글이기에 성인을 대상으로 한 글쓰기와 맞지 않다고 생각할 수 있다. 하지만 동화에서 가지고 온 소재를 이용하면 의외로 상상력이 풍요로운 글을 쓸 수 있다. 동화 자체가 어린이를 대상으로 한 글이므로 다채로운 상상력이 펼쳐질 수 있다. 우리가 동화를 통해 가져올 것은 상상력과 상징이지 주제 의식이나 문체가 아니기 때문에 동화를 통한 글쓰기가 창조적이고 상징이 풍요로운 글을 쓰는 데 오히려 도움이 될 수 있다.

아마도 여러분은 자신의 글이 문학적 상징을 표현할 수 있게 되기를 바랄 것이다. 그런데 정작 완성된 글에 문학적인 상징은 온데간데없고 자신의 생각을 평범하게 풀어낸 문장만 남았을 때 난감함을 느낄 것이다. 분명히 잘못된 것은 알겠는데 어디부터 글을 고쳐야 할지 모를 것이다. 그럴 때에는 이런 생각을 해보아야 한다. 자신이 마음속에 있는 생각을 직설적으로 드러내려는 습관을 가지고 있지 않은가? 아니면 자신이 품고 있는 감정을 노골적으로 말하려고 하지는 않는가 말이다.

동화적 상상력을 통해 자신만의 글을 쓴다면 이러한 직설적인 생각과 감정을 우회적으로 표현할 수 있다. 이와 같은 우회적 표현이 바로 상징인데, 많은 이들이 글을 쓰면서 가장 어렵게 생각하는 것이 상징적인 글쓰기이다. 또한 이것은 단순히 쓰기의 문제에 머물지 않는다. 동화적 상상력 등을 통해 상징적인 글을 쓰게 된다는 것은 상징적인 글을 읽어낼 수 있게 된다는 것을 의미한다. 이로써 여러분은 한층 더 높은 읽기 능력을 지니게 된다. 다음의 구조를 살펴보도록 하자.

동화 원작 - 동화적 상상력으로 쓴 글
(원관념)   (보조관념)
〈상징과 비유〉

기존의 원작 동화를 원관념이라고 생각하자. 기존 동화가 지니고 있는 여러 가지 소재나 주제 등을 원관념으로 놓고 그것으로부터 글쓰기의 새로운 주제를 떠올리면 된다. 이렇게 할 때 기존 동화를 바탕으로 한 동화적 상상력은 상징적인 글감이 된다. 기존의 동화에서 말하고자 하는 주제나 소재 등이 지니고 있는 의미를 파악하고, 그것으로부터 새로운 주제를 떠올릴 수 있어야 한다. 기존 동화의 줄거리나 주제, 소재 등을 가지고 와서 쓰되 그것이 기존 동화 자체를 설명하는 것이어서는 곤란하다. 기존 동화의 기본 골격은 가지고 있더라도 이야기는 완전히 다른 자신만의 새로운 것이어야 한다. 기존 동화에서 가져오는 것은 기존 동화의 단편적인 모티프만으로 충분하다. 독자들이 충

상상력과 묘사가 필요한 당신에게

분히 기존 동화를 떠올릴 수 있으면서도 동시에 기존 동화의 이야기와는 달라야 한다.

인어공주 - 거품 - 소멸

　「인어공주」를 원관념과 상징으로 글을 써보도록 하자. 거품이 되어 사라진 인어공주를 통해 거품에 대한 사유를 제시하고 그 이후에 소멸에 이른 존재에 대한 이야기를 전개할 수 있을 것이다. 「인어공주」를 매개로 하여 바다의 다채로운 이미지를 글 안으로 끌어들일 수도 있다. 무작정 소멸에 대한 글을 쓰고자 한다면 무엇을 어디부터 써야 할지 막막할 것이다. 더구나 소멸이라니……. 소멸은 관념적 인식이기 때문에 구체적인 글을 쓰는 데 방해가 된다. 글은 구체적인 정황을 드러낼 때 감각적일 수 있다. 인어공주를 묘사하면 여러분은 자연스럽게 인어공주가 헤엄치는 바다를 떠올리고 그것을 묘사할 것이다. 이때 바다의 다양한 장면이 여러분의 글을 통해 재현되어 「인어공주」로부터 비롯된 장면은 감각적인 이미지를 재현하게 된다. 또한 「인어공주」를 통해 소멸이라는 주제를 언급하여 감각적 이미지는 상징으로 가득한 의미를 품게 된다. 글을 쓸 때 우리가 절대 잊으면 안 되는 것은 우리가 눈으로 바라본 대상에 글의 진실이 숨겨져 있다는 점이다. 소멸을 직접 관념적으로 말하기보다는 인어공주와 바다의 이미지를 제시하기만 할 때 오히려 수준 높은 주제 의식을 보여줄 수 있다.

소멸 - 사라짐 - 공허함

소멸을 관념적으로 인식하고 글을 쓰면 위에서와 같은 관념적이고 개괄적인 생각을 하게 된다. 그리고 이러한 생각은 구체적이지 않은 글이 된다. 생각해보라. 소멸에 대해서 글을 쓸 때 소멸 자체만 이야기한다면 과연 무엇을 말할 수 있겠는가. 소멸에 대해 열심히 설명을 해봤자 글을 읽는 독자는 어떤 소멸에 대한 것인지 알 도리가 없다. 글을 쓴 사람은 답답함을 토로할지도 모른다. 자신이 쓰고자 하는 것을 알아주지 못하는 독자를 탓하며 이해할 수 없는 표정을 지을지도 모른다. 하지만 글을 읽는 사람은 오로지 문자화된 글만으로 글쓴이의 생각과 만난다. 따라서 글을 읽는 사람은 구체적으로 드러나지 않은 글쓴이의 의도를 알 도리가 없다. 이런 경우 소멸의 구체적인 국면은 글쓴이의 머릿속에만 존재하는 것이다. 글쓴이의 머릿속에 있는 소멸의 구체화된 장면을 실제의 글로 풀어내서 보여줘야 한다는 것을 잊으면 안 된다. 잊히는 것들에 대한 이야기를 하고자 했다면 막연하게 소멸에 대한 생각을 풀어놓을 것이 아니라 구체적으로 인어

　　　　　상상력과 묘사가 필요한 당신에게

공주와 거품과 바다의 이미지를 보여주고 그것을 통해 소멸이라
는 주제를 은연중에 풀어놓아야 한다. 「인어공주」의 이야기를 가
지고 오면 자연스럽게 거품, 바다 등을 통해 이미지를 제시할 수
있으며 이것을 통해 구체적인 글을 쓸 수 있게 된다. 그런 점에서
동화적 상상력을 통한 구체적인 장면은 관념적인 인식으로 글을
쓸 때의 단점을 쉽게 극복할 수 있다.

라푼젤 - 갇힌 자-유폐된 자아

「라푼젤」을 통해 과연 무엇을 이야기할 수 있을까?
동화 자체의 이야기는 대부분의 사람들이 알고 있기 때문에 굳
이 설명할 필요가 없다. 단지 「라푼젤」을 통해 상상력을 넓히는
것이기 때문에 「라푼젤」이라는 이야기 자체에 머물 필요 역시 없
다. 「라푼젤」은 여러분만의 글을 쓰기 위한 씨앗에 불과한 것이
다. 먼저 「라푼젤」이 무엇을 상징적으로 보여줄 수 있는지에 대
해 생각해보도록 하자. 어렵게 생각할 필요도 없다. 라푼젤은 성
에 갇혀 있는 사람이다. 그럼 갇혀 있다는 것은 무엇일까? 라푼

젤의 상태를 그저 성에 갇혀 있는 사실적인 측면으로만 바라보면 상상력과 상징을 제시할 수 없다. 갇혀 있는 상태가 상징화할 수 있는 좀 더 본질적인 주제를 떠올려보도록 하자. 갇혀 있는 것이 라푼젤인지 공주인지 왕자인지 남자인지 여자인지는 중요하지 않다. 너무 사소하게 라푼젤이라는 대상을 바라보지 말고 한층 확대된 시선으로 바라보도록 하자. 그렇게 생각할 때 성에 갇혀 있는 라푼젤은 유폐되어버린 자로 생각해볼 수 있다. 그리고 유폐된 자를 사람이 아닌 우리 내면의 자아로 생각할 수도 있다. 이렇게 되었을 때 「라푼젤」은 유폐되어버린 우리 안의 자아의 문제를 언급하는 글이 될 수 있다.

　　동화적 상상력으로 글을 쓴다는 것은 색다른 글감의 소재를 사용한다는 점에서도 새롭지만 어린아이들이 주로 읽는 동화를 변주해서 기존의 상상력이 가닿지 못한 세계를 표현할 수도 있다. 그럼으로써 글을 쓰는 이의 상상력은 평상시에는 생각지도 못한 영역을 확보할 수 있게 된다. 동화적 상상력으로 글을 쓰면 글에 녹여내야 하는 상징적인 구조를 쉽게 파악하고 쓸 수 있기도 하다. 무엇보다도 동화가 만들어내는 무궁무진한 환상과 상상력을 바탕에 깔고 글을 쓰게 되기 때문에 한층 더 상상력이 확장된 이야기를 만들어낼 수 있다는 장점이 있다.

동화적 상상력과 묘사적 글쓰기 :
「헨젤과 그레텔」

©Alexander Zick

　　동화 「헨젤과 그레텔」의 줄거리를 모르는 사람은 거의 없다. 누구나 다 알고 있는 이야기이기 때문에 오히려 「헨젤과 그레텔」로 쓴 묘사적 글쓰기는 상징화될 가능성이 많다. 누구나 알고 있는 이야기이기 때문에 오히려 상징화하는 것이 쉽지 않게 느껴질 수 있지만 전혀 그렇지 않다. 그 이유는 원관념과 보조관념의 관계 때문이다. 누구나 다 알고 있는 원작을 모티프 삼아 글을 쓰게 되면 비교적 손쉽게 원관념을 떠올릴 수 있는데, 바로 이 지점으로부터 자연스럽게 상징이 생기기 때문이다. 원작의 이미지를 구구절절 가져오지 않아도 보조관념만으로도 상징적인 글을 쉽게 쓸 수 있다. 물론 이러한 관계는 앞에서 언급한 「인어공주」나 「라푼젤」 역시 마찬가지이다.

　　　　헨젤과 그레텔(원작) ---- 새로운 글

　　　　　　원관념　　　　　　　　　보조관념

「헨젤과 그레텔」을 모티프로 새로 쓴 글은 원작을 토대로 변주한 것이므로 일종의 원관념과 보조관념의 관계에 놓인다고 할 수 있다. 문학적 글쓰기에서 원관념과 보조관념이 동시에 나타난 문장을 은유라고 하고 원관념이 숨고 보조관념만 남게 된 표현은 상징이라고 한다. 「헨젤과 그레텔」의 기본적인 내용을 원관념으로 놓고 그것으로부터 연상한 이야기를 쓰면 이와 같은 원관념과 보조관념의 관계에 놓이는 것이다.

　　　이러한 글이 상징적인 감각을 전달하는 것은 원관념인 원작에 기대고 이야기를 전개하지만 원작의 모티프와 이미지만 가지고 있을 뿐 그 안에 담고 있는 것은 다른 상징을 제시하기 때문이다. 「헨젤과 그레텔」에서 가져온 이야기라는 정도의 정보만으로도 새로운 글은 원작을 변주한 상징으로 읽힌다. 원작인 「헨젤과 그레텔」이 부모에게 버림받은 아이들을 주인공으로 등장시키는데 새로운 글에서는 이 아이들의 모습을 통해 유폐되어 버린 자아의 모습을 등장시킬 수 있다. 그리고 헨젤과 그레텔이 서로 손을 잡고 숲을 향해 걸어 들어가는 장면을 변주하여 새로운 이야기로 만들 수도 있다. 이를테면 헨젤과 그레텔이 맞잡은 손의 손목이 베어진 채 피를 흘리고 있다고 상상할 수도 있다. 그럼으로써 헨젤과 그레텔의 손은 서로 맞잡았지만 베어진 채 피를 흘리고 있게 된다. 이 장면은 두 주체가 하나의 세계를 향하지만 결코 합일에 이를 수 없음을 상징적으로 보여줄 수 있다.

　　　헨젤과 그레텔이 캄캄한 숲을 향해 걸어 들어가는 장면을 통해 상처 받은 자아를 표현한다고 가정해보자. 글의 제목은 「헨젤과 그레텔」로 하도록 한다. 제목을 「헨젤과 그레텔」로 하면 독자들은 동화「헨젤과 그레텔」의 이야기를 연상하면서 여러분의 글을 읽는다. 독자가 연상하는 원래의「헨젤과 그레텔」은 원관념으로 작동을 하고 독자가 실제로 읽는 여러분의 글은 보조관념처럼 상징화된다. 이러한 구조를 통해 여러분이 쓴 글은 상징을 획득한다. 아니면「헨젤과 그레텔」이라는 제목을 밝히지 않고 동화의 모티프만 가지고 와서 새로운 이야기를 써도 무방하다.

① 숲을 향해 손을 맞잡고 걸어 들어가는 두 아이

② 칼에 베인 손목으로부터 뚝뚝 떨어지는 피

③ 가시덤불을 신발도 신지 않고 걷고 있는 아이들

④ 뒤를 돌아 캄캄한 숲의 어둠을 바라보는 아이들의 핏빛 발자국

⑤ 가지마다 걸려있는 죽은 자들의 음성

⑥ 어둠 속에서 울려 퍼지는 총성과 숲의 어둠을 가로질러 날아오르는 새떼

⑦ 두근거리는 공포와 두 아이의 심장

⑧ 두 개의 심장이 만들어내는 단 하나의 두려움과 심박

「헨젤과 그레텔」을 기반으로 숲을 향해 걸어가는 두 아이를 상상하고 그들을 둘러싼 배경을 위와 같이 상상해보도록 하자. 글의 첫 발상은「헨젤과 그레텔」로부터 비롯되었지만 동화와 관계를 맺지 않고 예문 자체만으로도 의미 있는 세계를 만들어내게 된다. 이러한 발상은 단순하게 이야기를 만드는 것에 그치

지 않는다. 이런 방법은 다양한 정황을 만들 수 있도록 도와주어 작가의 상상력을 무한히 확장할 수 있다.

동화적 상상력과 묘사적 글쓰기:
「라푼젤」

©PixaBay

성 안에 갇힌 공주를 떠올려보자. 성 안의 공주는 자신을 구출해줄 누군가를 기다리고 있다. 그러나 누군가 공주를 구출해줄 가능성은 그리 높지 않다. 공주는 매일 밤 눈물을 흘리며 점납의 비좁은 공간에서 하루하루를 견디고 있는 중이다. 창밖에는 어제와 다를 것 없는 해가 뜨고 지기를 반복한다. 저물녘의 태양에 물든 하늘과 지상은 어느새 선홍빛으로 물들어 일렁이고 있는 것만 같다. 바람이 불어오면 구름은 하늘의 저편에서 이편으로 몰려와 사라지곤 한다. 성 안에 갇힌 공주는 모든 것을 체념한 듯 어둡고 좁은 방안에 웅크린 채 말이 없다.

상상력과 묘사가 필요한 당신에게

「라푼젤」을 모티프로 글을 쓸 때 동화 전체의 줄거리를 이야기할 필요는 없다. 앞에서도 이야기한 것처럼 줄거리 요점 정리는 글을 개괄적으로 만들 뿐만 아니라 설명적으로 만들기 때문이다. 「라푼젤」의 전체 이야기 중에서 상징과 사유를 드러낼 수 있는 인상적인 장면만 가져와 묘사를 하면 된다. 이때 묘사하는 장면에 대해 설명할 필요는 없다. 또한 장면이 전달하는 것에 대한 자신의 감정이나 생각 등을 말할 필요 역시 없다. 감정, 생각, 관념 등을 최대한 줄이고 상징과 사유를 드러낼 수 있는 이미지만을 묘사할 때 좋은 글을 쓸 수 있다.

라푼젤 → 첨탑에 유폐된 공주 → 스스로의 내면에 유폐된 자아

첨탑, 유폐된 공간 : 인간의 내면
공주 : 자아

「라푼젤」에서 떠올릴 수 있는 상징과 사유는 유폐된 자아이다. 성에 갇힌 공주를 표면적으로만 이해하면 안 된다. 성에 갇힌 공주를 상징적인 인식을 가지고 접근할 때 그것은 의미를 가지고 우리에게 다가온다. 인문적 상징과 사유를 할 수 있는 사람은 표면 아래 감춰진 상징적 의미를 파악할 수 있다. 겉으로 표현된 것은 성에 갇힌 공주이지만 그것을 글감으로 삼아 새로운 글을 쓰고자 할 때 그것은 유폐되어버린 우리 내면의 자아가 된다. 생각해보라. 우리 안에 유폐된 자아를 직접 이야기하

지 않고 첨탑에 갇힌 라푼젤을 이야기한다는 것은 얼마나 멋진
상징인가.

동화 「라푼젤」 : 성에 갇힌 공주 : 유폐된 자아
원작   표면화된 언어   상징적 의미

원작에서 성에 갇힌 공주라는 한 장면만을 선택하
여 묘사를 하도록 하자. 선택된 장면은 원작 전체에서 가장 인상
적인 부분 중 하나이다. 이때 성에 갇힌 공주에 대한 설명이나 해
설을 할 필요는 없다. 그저 성에 갇힌 공주의 모습을 묘사하고 첨
탑과 첨탑 밖에 펼쳐진 모습을 묘사하도록 하자. 물론 동화나 소
설이 아니기 때문에 유폐된 자아에 대한 작가의 생각과 사유를
밝혀줘야 하지만 처음에는 이런 부분들을 빼고 그저 성에 갇힌
공주와 주변의 이미지만을 묘사해보자. 그 이유는 유폐된 자아라
는 의미에 대한 사유와 생각이 불필요해서가 아니다. 의도적으로
묘사 쓰기만 하면 묘사라는 탄탄한 문장을 쓸 수 있게 된다. 묘사
된 공주의 모습만으로도 글의 상징을 충분히 표현할 수 있을 것
이다. 소설이나 영화에서 작동하는 서사의 싱징 구조는 바로 이
리한 글쓰기 원리에 의해 나타난다. 직접 말하지 않고 보여주는
것만으로 상징과 의미를 제시하는 것이다. 창조적 글쓰기에서 작
동하는 상징의 구성 원리가 바로 이것이다.

하지만 소설 등의 문학적 글쓰기가 아닌 경우에는
여기에 더하여 상징적 의미를 어느 정도 직접 드러낼 필요가 있
기도 하다. 유폐된 자아에 대한 작가의 생각과 사유를 너무 과하

지 않은 정도에서 직접적으로 드러내면 된다. 다만 이때에도 글의 근간을 이루는 것이 「라푼젤」의 한 장면에서 가지고 온 묘사적 글쓰기임을 명심해야 한다. 사유와 생각을 드러내는 문장은 묘사라는 쓰기의 방식을 뒤에서 도와주기만 하면 된다. 많은 사람들의 글이 실패하는 이유는 묘사를 통해 상징적인 이미지를 드러내지 못하고 주제 의식을 직설적으로 말하려고만 한다는 데 있다. 직접 말하기만 하는 방식의 글쓰기는 감각적인 것과 거리가 멀 수밖에 없다.

생각과 사유가 지나치게 직설적으로 나올 경우에는 의도적으로 묘사만 하도록 해보자. 묘사 훈련만 하더라도 생각과 사유가 자연스럽게 배어나오기 때문에 묘사만으로도 좋은 글을 쓸 수 있다. 묘사를 집중적으로 쓰려고 해도 자연스럽게 생각과 사유가 배어나오는 것은 생각과 사유를 말하는 것이 본능에 가까운 표현 방식이기 때문이다. 다시 첨탑에 갇힌 공주를 떠올리기로 하자. 다음은 「라푼젤」을 모티프로 하여 쓴 글이다.

공주는 눈물을 흘리고 있다. 저물녘의 태양은 수평선을 향해 침몰하듯 사라지고 있다. 선홍빛 바다의 일렁임은 장엄하게 하루의 마지막을 마무리하려 한다. 바람은 거칠게 불어오며 벼랑 위의 성을 흔들고 있다. 성의 첨탑으로 저물녘의 마지막 순간이 들어서고 첨탑에 갇힌 공주는 고개를 들어 창문 너머로 펼쳐진 저물녘의 바다를 바라본다. 공주는 눈물을 흘리며 사라지는 태양의 뜨거움을 떠올려본다. 단단히 닫힌 철문의 저편에 무엇이 있는지 공주는 알지 못한다. '너무나 오랜 세월 이곳에 유폐되었구나.' 공주는 갇혀 지낸 오랜 세월을 떠올리며 얼굴을 파묻는다. 울고 있는 공주의 어깨가 미세하게 들썩이고 흐느낌은 첨탑의 고요함을 가로질러 천천히 사라진다. 공주는 첨탑에 갇힌 이후 얼마의 세월이 흘렀는지 알지 못한다. 언제 이곳에서 나가게 될지도 알지 못한다. 바람이 불어온다. 태양은 조금 더 수평선을 향해 기울어져 있다. 수평선 너머로 한 무리의 새떼가 사라지려 한다. 공주는 첨탑에 갇힌 채 아무도 오지 않는 날들을 떠올린다. 무섭고 외로운 날들이 첨탑의 창에 매달려 흐느끼는 것만 같다. 천천히 몰려오는 어둠 속으로 세상의 모든 저녁과 공주의 오늘 밤은 끝도 없이 거듭되며 눈물을 흘리려 한다.

상상력과 묘사가 필요한 당신에게

7.

당신의 문장이 되는 시의 매혹

시적 이미지와
지배적인 정황

도로 위에 납작하게 누워 있는 개 한 마리.

터진 배를 펼쳐놓고도 개의 머리는 건너려고 했던 길의 저편을 향하고 있다. 붉게 걸린 신호등이 개의 눈동자에 담기는 평화로운 오후. 부풀어 오른 개의 동공 위로 물결나비 한 마리 날아든다. 나비를 담은 개의 눈동자는 이승의 마지막 모퉁이를 더듬고 있다. 개의 눈 속으로, 건너려고 했던 저편, 막다른 골목의 끝이 담긴다. 개는 마지막 힘을 다해 눈을 감는다. 골목의 끝이, 개의 눈 속으로 사라진다. 출렁이는 어둠 속으로

물결나비 한 마리 날아간다.
납작하게 사라지는 개의 죽음 속으로

조동범, 「개」, 『심야 배스킨라빈스 살인사건』 (문학동네, 2006).

개의 죽음은 우리에게 미적 인식을 전달한다. 그리고 이러한 미적 인식은 우리의 미의식을 자극하며 하나의 지배적인 장면을 통해 지배적인 정황을 만든다. 개의 죽음을 통해 우리는 무엇을 느끼게 되는가? 이 장면은 로드킬 당한 개의 죽음을 다루고 있지만 여기에서의 죽음은 단순하게 개의 생물학적인 죽

음만을 의미하지 않는다. 개의 죽음은 우리 삶의 죽음을 떠올리게 한다는 점에서 이 시는 인간의 삶과 죽음에 대한 작품이라고 할 수 있다. 그리고 더 나아가 삶과 죽음 전체에 대한 사유를 드러내고자 한 것이기도 하다.

이 시에서 드러나는 지배적인 정황은 죽음의 순간으로부터 비롯된다. 그리고 죽음을 설명하거나 가르치려고 하지 않고 그저 보여줌으로써 죽음에 대한 미적 인식을 드러낸다. 지배적인 정황은 우리에게 예술적이고 감각적이며 깊이 있는 사유를 제시한다는 점에서 모든 예술 작품에 필수 요소이다. 글쓰기의 경우에, 특히 창조적인 글쓰기를 할 때 꼭 필요하다. 독자들의 마음을 움직이거나 감동을 주거나 미적인 아름다움을 느끼게 하는 것이 바로 지배적인 정황이다. 지배적인 정황을 생각하지 않고 쓴 글은 아무래도 감각적이기 힘들다.

이 작품은 한 마리 개의 죽음을 세밀하게 그리고 있다. 묘사 이전에 개의 죽음이라는 비극을 선택해서 미적인 감각을 제시하고자 했다. 글을 쓸 때에는 언뜻 떠오르는 이야기를 무작정 풀어서 쓰지 말아야 한다. 머릿속에 떠오르는 이야기와 장면이 여러분의 감각을 자극하며 그 어떤 정서를 유발하는지를 생각해야 한다. 이러한 것들을 생각하지 않고 쓴 글은 실패할 가능성이 높다. 지배적인 정황을 장악하지 않은 상태에서 글을 쓰지 말도록 하자. 지배적인 정황을 확정하고 글을 써야 여러분의 글은 감각적인 장면과 깊이 있는 울림을 갖는다.

지배적인 정황을 포착했다면 이후에 지배적인 정황을 세밀하게 묘사해보도록 하자. 개의 머리가 "건너려고 했던

상상력과 묘사가 필요한 당신에게

저편"을 여전히 간절하게 바라보고 있는지, 그런 개의 눈 속으로 길 건너 "막다른 골목의 끝"이 담기는지 구체적으로 바라보아야 한다. 그리고 묘사 문장이 시적 의미를 통해 사유를 이끌어낼 수 있는지도 검토해야 한다. "건너려고 했던 저편"을 간절하게 바라보고 있는 개의 모습은 무엇인가를 간절히 소망하는 인간의 모습과 같다. 그리고 "막다른 골목의 끝"이 담기는 개의 눈은 더 이상 나아갈 곳 없이 막막한 우리의 삶을 보여준다.

지배적인 정황과 함께 인간의 보편적 삶과 죽음에 대한 사유를 보여줌으로써 개의 죽음은 사유의 지점을 우리 앞에 풀어놓는다. 소재 자체에서 미적 인식을 만들어내는지 그리하여 지배적인 정황을 제시할 수 있는지를 늘 고민해야 한다. 그런 이후에 개의 죽음을 묘사한 것처럼 감정을 절제하여 글감을 바라보도록 하자. 바로 그 순간 의미 있는 장면이 여러분 앞에 펼쳐질 것이다.

글의 소재를 찾을 때 우리 주변에 있는 것을 아무렇게나 포착하지 말도록 하자. 우리 주변에 있는 것들 중에서 특별히 선택하여 미적 감각을 부여하지 못한다면 그 소재는 실패할 확률이 높다. 우리 주변의 사물이나 사건 중에서 미적인 감각을 극대화하여 드러낼 수 있는 것들을 찾아야 한다.

이야기나 사건 위주로 찾지 말고 특정한 사물이나 대상처럼 작은 것에서 글감을 찾도록 하자. 당연히 사물과 대상은 의미 있는 것이어야 한다. 위의 시 역시 '개'라는 소재를 선택하여 집중적으로 묘사하는 방법을 취하고 있다. 생각을 장황하게 쓰고 설득하려고 하면 오히려 글의 사유와 감각은 떨어질 수밖에 없다.

그렇게 글감을 찾지 말고 주변의 의미 있는 사물과 대상을 선택하도록 하자. 이를테면 동물원에 있는 '호랑이', '조련사'등을 선택할 경우, 소재만으로도 지배적인 정황을 어떻게 드러낼지 느낌이 온다. 사냥하는 '호랑이'와 죽음에 이르는 초식동물을 묘사하는 것만으로도 삶과 죽음에 대한 사유를 제시할 수 있으며, '조련사'를 통해 야성을 잃어가는 우리의 삶을 상징적으로 제시할 수 있다. 김기택 시인의 「호랑이」와 한명원 시인의 「조련사 K」를 참고하도록 하자. 하지만 상투적인 대상이나 미적 인식이 결여된 대상을 선택하면 지배적인 정황을 드러내기가 쉽지 않다.

시적 이미지와
구체적 묘사 쓰기

여자가 떠오른 것은 저물녘의 마지막 순간이었다.

여자가 떠오른 순간 파문이 일었고, 파문을 따라 해넘이의 붉은 빛이 넘실댔다.

여자가 떠오른 것은 바람이 잔잔해진 적막 속에서였다. 다시 바람이 불었고, 바람을 따라 산 그림자가 서늘하게 내려앉았다.

여자의 등은 단호하게 하늘을 향하고 있다.

등을 돌린 채, 저수지의 바닥을 바라보고 있다. 바닥의, 깊은 어둠을 굽어보고 있다. 어둠을 훑는 여자의

상상력과 묘사가 필요한 당신에게

시선을 따라

저물녘의 마지막 순간이 사라진다.

여자는 무엇을 놓고 왔는지, 하염없이

저수지의 바닥을 바라보고 있다. 마지막까지 바라

보아야 할 것이 있던 것인지, 여자의 시선은

처연히 어둠을 헤집고 있다. 창백한 어둠 속에 시선

을 풀어

눈물을 뚝뚝, 흘리고 있다.

쏟아지는 눈물을 닦지도 못하고,

여자의 양팔은 저수지의 바닥을 향해 있다. 무엇을

잡으려 했는지, 무엇을 건지려 했는지.

뻗은 손의 끝은 힘없이 굽어 있고

수초처럼, 여자의 팔이 느리게 흔들렸다.

여자의 신발이 발견되었다고도 하고, 여자의 목걸

이가 발견되었다고도 했다. 저수지를 향하던 여자의

발자국을 따라 풀이 눕기도 하고 그녀의 구두가 남긴

무늬를 따라 숲의 어둠이 들어섰다고도 했다. 저물녘

의 마지막 순간과 해넘이의 산 그림자가 사라지는 계

절이었다.

아직, 눈을 감지 못한 것인지, 지금도 여자는

조동범, 「저수지」, 『카니발』 (문학동네, 2011).

여기 하나의 장면이 있다. 한 장의 사진에 담긴 것
처럼 시적 화자는 죽은 자를 집요하게 파고든다. 여자가 떠오른 것은 저물녘의 마지막 순간이었고 화자의 시선은 파문이 이는 물결과, 물결을 따라 넘실대는 석양을 향한다. 죽은 자와 물결과 석양. 이것은 세 개의 장면이지만 하나의 프레임 안에서 한 장의 사진으로 인식된다. 그리고 그 가운데 바람이 불고 산 그림자가 저수지에 드리운다.

이 장면은 모두 하나의 프레임 안에 제시되는 것이다. 구체적으로 묘사를 하려고 할 때 저지르기 쉬운 오류는 하나의 대상만을 집요하게 물고 늘어지는 것이다. 물론 하나의 대상을 세밀하게 바라보려는 태도는 좋다. 하지만 하나의 대상에만 집중한 나머지 그것을 둘러싼 배경을 간과한다면 오히려 표현하려고 했던 대상을 입체적으로 보여줄 수 없다. 표현하려고 한 대상만을 자세하게 바라보면 자칫 단조로운 글이 되기 쉽다. 글감이 되는 대상은 언제나 배경과 긴밀한 관계를 맺으며 감각화된다. 따라서 대상을 제대로 표현하기 위해서는 대상과 관계를 맺는 것들을 적절하게 배치할 필요가 있다.

이때 무엇을 선택하고 무엇을 배제할 것인가라는 문제가 생긴다. 모든 배경이 글의 대상과 긴밀한 연관을 맺으며 감각과 의미를 만들어내는 것이 아니기 때문이다. 글이 주된 대상과 긴밀한 관계를 맺으며 감각과 의미를 만들어내는 배경이 있는 반면 오히려 불필요한 것들도 있다. 글쓴이의 의도를 일관되게 제시하려면 어떤 장면을 선택할 것인가가 중요하다. 반대로 불필요한 장면이 무엇인지 파악하여 그것을 배제하는 것 역시 중요하다.

이 시에서 시신이 떠오른 순간 펼쳐진 장면들은 여자의 죽음과 긴밀하게 연결되며 여자의 죽음에 여러 생각을 갖게 한다. 그 이후에 시적 화자는 여자에게 집중하여 시선을 던진다. 여자의 등이 단호하게 하늘을 향한 상태에서 떠오른 장면을 바라보고, 눈도 감지 못하고 죽음에 이른 여자의 시선이 깊은 어둠을 굽어보고 있다고 쓴다. 시적 화자는 여자의 죽음이 전달하는 비통함을 상징적으로 전달할 만한 것들에 주목한다. 그리고 여자의 시선 속으로 저물녘의 마지막 순간이 사라진다고 표현한다. 여자의 시선과 저물녘을 결합하여 표현함으로써 여자의 죽음과 하루의 마지막은 비극적 정서로 결합되기에 이른다. 이후에 무엇을 잡으려 한 것만 같은 여자의 팔을 통해 삶의 마지막 순간까지 죽음을 망설인 여자의 심리를 제시한다. 이로써 죽은 자의 모습은 그저 '한 사람이 물에 빠져 죽어 있다'라는 설명을 넘어 구체적 묘사에 이른다. 이러한 세밀한 묘사는 여자의 심리를 함께 제시하여 묘사를 통해 의미를 제시하는 입체감을 보여준다.

그리고 마지막 부분에서 여자의 신발과 목걸이가 발견되었다거나 여자의 발자국을 따라 풀이 누웠다와 같은 장면을 무덤덤하게 묘사함으로써 죽음의 무상함을 제시하려고 한다. 이때 신발이나 목걸이나 발자국은 감정이 배제된 채 일정한 거리감을 유지하여 죽음이라는 감정에 지나치게 사로잡히지 않도록 한다. 이 시는 죽음이라는 비극적 정황을 통해 미적 인식을 전달하려고 했다. 죽음에 이른 자의 모습을 세밀하게 묘사하려고 했을 뿐만 아니라 죽은 자를 둘러싼 배경을 끊임없이 죽음과 연결하려 했다. 이제 죽음의 장면을 고민해보도록 하자. 여러분은 어떤 죽음을 묘사할 것인가? 그리고 그 장면을 얼마만큼 자세하게 바라볼 것인가?

일반적으로 시의 묘사가 치밀한 이유는 응축된 장면을 통해 시인의 의도를 보여주려고 하기 때문이다. 따라서 시적 이미지는 장황하지 않고 간결하다. 이러한 간결함은 글을 쓰는 사람에게 꼭 필요한 요소이다. 흔히들 시적인 문장을 장식적으로 꾸며 쓴 예쁜 것이라고 생각한다. 하지만 시적인 문장은 그저 예쁘고 멋있게 꾸며 쓴 글이 아니다. 시적인 문장이란 상징을 내장하고 있는 것이며 응축된 문장 안에 감각적 이미지와 사유가 결합된 것이다. 감상적인 글이 아니라 오히려 대상과의 적절한 거리감을 통해 감정을 절제하는 글이기도 하다.

시적 이미지와
상상력의 힘

활주로의 저편으로부터 비는 내린다. 당신은 문득 손목시계를 바라보며 떠나온 고향의 한 그루 베고니아를 반추한다. 시들어가는 베고니아를 떠올리며 당신은, 망명지의 정처 없는 특별기를 기다리고 있다. 비가 내리고, 어느덧 눈은 내린다. 환승터미널의 밤과 낮은 매뉴얼에 따라 안전하고, 시차에 익숙지 않은 환승객은 홀연히 사라져 버린다. 망명지로부터 회신은 도래하지 않는다. 당신은 환승터미널의 벤치에 앉아 돌아갈 수 없는 과거와 입국할 수 없는 미래를 중얼거린다. 오래된 도시와 멸망한 부족의

상상력과 묘사가 필요한 당신에게

폐허는 화물칸에 방치된 채 하역되지 않는다. 당신은 장전되지 않은 권총을 꺼내 방아쇠를 당기기로 한다. 비행을 마친 국적기들은 아름다운 남태평양과 적도 인근의 적란운을 떠올리며 평화롭다. 떠날 수 없다면 사라져야 한다고, 당신은 중얼거린다. 오래전에 배달된 신문을 펼치면, 사라진 신화와 전설에 대한 이야기가 끝없이 폐기되고 있었다. 안데스의 산맥들이 들려주는 기원전의 신화가 들리는 듯도 했지만, 환승터미널의 밤은 그저 외롭고 여전히 쓸쓸했다. 무수히 많은 좌표로부터 당신의 절망은 전송된다. 하지만 특별기는 도착하지 않으므로, 떠날 수 없다면 사라져야 한다고 당신은 중얼거린다. 당신은 문득 폴란드 망명정부의 지폐와 포화에 이지러진 도룬 시의 가을 하늘을 생각한다. 국가와 민족을 향해 구름은 흘러갈 것이다. 일기예보는 적중하지 않고, 국경선 너머에서 반정부군의 시신은 타오른다. 살아남은 당신은 문득 매트릭스의 전화기를 떠올린다. 활주로 너머로 밤은 찾아오고, 당신의 환승터미널은 끝도 없이 폐쇄된다. 당신은 연어샐러드가 제공되는 기내식을 주문하고 싶어진다. 그리하여 당신은, 장전되지 않은 권총의 방아쇠를 당기기로 한다. 착륙에 실패한 국적기는 이윽고 밤의 폐허가 되고, 망명지로부터 특별기는 날아오지 않는다. 모든 것은 끝이 났는가. 창밖에는 비가 내리고, 시베리아로 날아가지 못한 철새는 피뢰침에 매달려 번개를 기다리고 있다. 지상에는 여전히 착륙에 실패한 여객기가 참혹하고, 망명지를 떠난 특별기의 폭파 소식은 그러나, 당신에게 전해지지 않는다.

조동범, 「에어포트」, 『금욕적인 사창가』 (문예중앙, 2016).

이 시의 배경은 공항이고 '당신'은 망명지로 떠나지도 돌아가지도 못한 채 공항에 갇혀버린 사람이다. 일반적으로 공항을 소재로 글을 쓸 때 많은 사람들은 여행자의 개인적인 소감을 쓸 것이다. 하지만 특별한 여행 이야기가 아닌 개인적이고 평범한 여행기는 그다지 매력적이지도 궁금하지도 않다. 공항을 소재로 한다고 할 때 가장 손쉽게 떠올릴 수 있는 것이 여행이기에 그냥 그 소재를 선택하는 것뿐이다. 공항이라는 소재에 대해 특별한 고민을 하지 않을 때 이런 상투적인 글감을 선택하게 된다.

또한 공항으로부터 시작된 글이지만 낯선 사물이나 정황과 연결하여 개성적인 감각과 표현을 해야 하는데 공항의 상투적인 장면만 떠올리는 경우도 많다. 공항에서 흔하게 볼 수 있는 사물과 장면만 가지고 글을 쓰다 보니 공항에 대한 일반적인 감각 너머의 것을 보여주기도 힘들다. 왜 공항에 대한 글을 쓰면서 활주로, 비행기, 탑승구 같은 것들만 쓰는가? 그리고 여행의 설렘이나 어디론가 떠나는 사람의 이별과 같은 뻔한 감정만 쓰는 것일까? 시 속에 등장하는 이야기처럼 낯선 사물이나 사건이 공항과 연결되어 일으키는 새로운 감각을 떠올려보는 것은 어떨까?

망명지로 떠나기를 희망하는 사람은 "고향의 한 그

상상력과 묘사가 필요한 당신에게

루 베고니아" 나무를 떠올린다. 공항과 직접적인 연관이 없는 베고니아를 통해 공항의 감각은 머나먼 이국의 감각을 수용하게 된다. 이 시의 장소는 공항이지만 이국의 베고니아와 결합하여 일반적인 공항이 아닌 개성적인 공간과 감각이 된다. 이 시에 등장하는 낯선 감각을 떠올려 보자.

① 이국의 베고니아 나무
② 오래된 도시와 멸망한 부족의 폐허
③ 장전되지 않은 권총
④ 남태평양과 적도 인근의 적란운
⑤ 오래전에 배달된 신문
⑥ 사라진 신화와 전설
⑦ 안데스의 산맥들
⑧ 폴란드 망명 정부의 지폐와 포화에 이지러진 도룬 시의 가을 하늘
⑨ 국가와 민족을 위해 흘러가는 구름
⑩ 국경선 너머 불에 타고 있는 반정부군의 시신
⑪ 매트릭스의 전화기
⑫ 연어샐러드가 제공되는 기내식
⑬ 피뢰침에 매달린 채 시베리아로 날아가지 못한 철새

모든 글이 이처럼 낯선 것들로 이루어질 필요는 없겠지만 이와 같은 연상은 글의 감각을 극대화하고 외연을 넓힌다.

이러한 정황들이 공항과 결합하여 공항은 우리의 의식 속에 있는 평범함을 넘어 글쓴이만의 개성적인 공간으로 재탄생한다. 이 시에 나온 정황은 낯선 감각만큼이나 여러 가지 신선함을 전달한다.

이국적 공간이 주는 느낌은 낯선 공간감을 통해 새로운 감각을 불러일으키고(①, ②, ④, ⑦, ⑧, ⑩, ⑬), 신화적 상상력을 기반으로 한 장면은 낯선 감각과 함께 신화의 원형성을 통해 글의 감각과 사유의 외연을 넓힌다(②, ⑥, ⑦). 그리고 나머지 정황들도 공항과 연결되지 않는 낯선 감각(③, ⑤, ⑨, ⑪)이거나, 공항과 연결된 경우에도 연어샐러드라는 구체적 대상을 통해(⑫) 구체적 표현이 전달하는 선명한 감각을 소환한다.

모든 사람이 시인일 수 없는 것처럼 이와 같은 표현이 일반적인 것이라고 할 수는 없을 것이다. 다만 낯선 표현을 할 수 있도록 일반적인 상상 체계를 넘어서려는 노력을 꾸준히 해야 한다. 그런데 당연한 것이지만 이러한 상상력은 쉽게 생기는 것이 아니다. 글을 쓰기 시작하자마자 술술 나오는 것 역시 아니다. 시인들의 개성적인 표현은 많은 시간과 노력이 들어간 결과물이다. 그들도 하나의 단어를 떠올리기 위해 어마어마한 시간을 들인다. 글쓰기에 익숙하지 않은 이들이 이러한 표현을 쉽게 할 수 없는 것은 지극히 자연스럽고 당연한 일이다. 그러니 포기하지 말고 낯선 상상과 표현을 할 수 있도록 꾸준히 노력해야 한다. 글의 소재와 가까운 곳에 있는 것만을 가지고 표현하려 하지 말고 글의 소재와 먼 곳에 있는 것, 때로는 완전히 다른 것을 가지고 오도록 하자. 처음에는 다소 어색하더라도 그런 가운데 낯선 상상력과 새로운 표현은 여러분의 것이 될 수 있을 것이다.

상상력과 묘사가 필요한 당신에게

8.

이야기가 멈춘 순간에 아름다움을 느끼게 된다면

소설의 이미지와
묘사적 글쓰기

자, 이번에는 소설을 가지고 여러분만의 새로운 글을 써보도록 하자. 방법은 동화적 상상력으로 쓰는 것과 다르지 않다. 다만 어린아이를 대상으로 한 동화와 달리 소설은 (대체적으로) 성인을 대상으로 한 작품이기 때문에 동화와는 조금 다른 측면에서 접근해야 한다. 어린아이의 감수성이 떠오르는 동화는 어른을 대상으로 한 작품이 주는 비극적 감수성과 다르다. 그래서 동화의 감수성과 반대 지점에 있는 비극적 감수성을 드러내는 것만으로도 특별한 미적 감각이 나타난다. 반면에 소설은 이와 같은 간극이 크지 않다. 소설 자체가 지니고 있는 비극적 감수성과 일상적 태도는 그 자체가 비극적 세계이므로 또 다른 비극으로 변주하여 글을 쓴다고 해서 새로운 감각이 나타나기 어렵다. 따라서 기존 소설을 가지고 여러분만의 글을 쓰고자 한다면 다른 방법을 찾아야 한다.

소설의 경우는 우선 상상력을 극대화할 수 있는 작품이나 상징적인 원형성을 지니고 있는 작품을 선정하는 것이 좋다. 흥미로운 상상력으로 무장한 소설을 찾아 읽고 그곳에서 여러분이 쓸 글의 모티프를 찾는다면 여러분의 글 역시 흥미진진한 상상력을 펼쳐 보일 수 있을 것이다. 인문적 사유를 확장할 만한 소재나 상상력을 넓힐 수 있는 이야기를 바탕으로 한 소설이라면 더 좋다. 신화적 코드를 풀어낼 수 있는 설산이나 극지 등에 대한 것도 좋고 우주나 미래 사회 등을 다룬 것도 좋다.

그리고 아무것도 아닌 일상의 장면을 의미 있게 포착한 소설을 가지고 글쓰기 훈련을 하는 것도 좋다. 최근의 소설을 보면 사건이랄 것도 없는, 아무것도 아닌 이야기를 전개하는 작품이 많다. 이런 작품 속에 내재해 있는 상징을 포착해서 글을 전개하면 매우 흥미로운 글을 쓸 수 있다. 아무것도 아닌 이야기에는 놀랍게도 대단한 무엇인가가 숨겨져 있을 가능성이 많다. 예술 작품이 무의미하고 무가치한 일상을 다룬다는 것은 그 안에서 유의미한 지점을 포착한다는 것을 의미한다. 그래서 일상성을 다룬 작품은 무의미한 듯 보이는 가운데 상징적인 의미를 가지고 있는 경우가 많다. 바로 이러한 상징을 포착하여 글을 시작한다면 의외로 좋은 글이 나올 가능성이 많다.

상상력의 힘이 느껴지지 않는 흥미 위주의 소설에서 글감을 찾으면 곤란하다. 흥미진진한 상상력으로 무장한 소설과 그저 재미에만 초점을 맞춘 흥미 위주의 소설은 다른 것이다. 대중소설이든 아니든 그것은 중요하지 않다. 상상력과 상징이 많이 있는 소설을 찾는 것이 중요하다. 어떤 종류의 소설이든 상상력과 상징이 풍요로운 작품을 통해 상상력 훈련을 하면 좋은 효과를 볼 수 있다. 좋은 작품은 상징 장치를 통해 우리에게 사유를 전달하지만 그렇지 않은 작품은 아무런 상징도 없이 일차원적인 감성에만 호소한다. 당연히 후자의 경우는 참고할 만한 상징 장치나 인문적 사유의 감각이 덜 드러나게 마련이다. 무엇보다도 여러분의 미적 감식안을 쌓는 데 도움이 되지 않는다. 다시 한 번 이야기하지만 대중소설이냐 순수문학이냐 따위의 구분법은 이제 의미가 없다. 대중소설이든 순수문학이든 중요한 것은 각각의 장르가 지니고 있는 완성도이다. 그리고 그것을 통해 상상력과 상징을 포착할 수 있느냐 없느냐이다.

대중소설이나 만화 등의 장르를 수준 낮은 하위 장르로 무시하는 것은 옳지 않다. 그 안에도 무수히 많은 상징과 철학적 사유가 있다. 설령 상징과 사유가 부족한 작품의 경우에도 그것을 읽어내는 사람의 감식안에 따라 얼마든지 의미 있는 세계로 전이될 수 있다. 읽는 사람의 미적 능력에 따라 작품의 원래 의미와 무관한 상징과 사유를 이끌어낼 수 있다. 하지만 작품의 미적 측면을 분석할 수 있는 능력이 있어야 한다. 그럴 경우 그러한 작품 안에서도 좋은 글감을 찾을 수 있다.

소설 역시 동화나 영화에서 글감을 찾을 때처럼 원작 자체의 줄거리가 중요하지 않다. 우리는 기존 작품에서 새로운 상상력을 떠올리는 훈련을 하는 것이지 기존 작품을 모방하여 글을 쓰고자 하는 것이 아니다. 오히려 기존 작품과 상관없는 글을 써야만 한다. 기존 소설에서 가져와야 하는 것은 작은 씨앗일 뿐이다. 그저 그 씨앗에서 개성적인 영감을 떠올릴 수 있으면 된다. 영감을 떠올리는 방법 역시 다양하다. 작품 전체의 줄거리와 상징에서 자신만의 글감을 연상할 수도 있고, 특정한 단어나 소설의 배경으로부터 글감을 가져올 수도 있다. 심지어는 등장인물이 입은 옷감의 소재에서 여러분만의 개성적인 글감을 찾을 수도 있다.

이를테면 소설의 인물이 입고 있는 코듀로이 옷감에서 겨울의 질감과 따스함에 대한 새로운 감각을 만들어낼 수 있다. 소설에서는 중요한 상징으로 쓰이지 않은, 그저 등장인물이 입고 있는 코듀로이 재킷에 불과하지만, '코듀로이'라는 옷감이 만들어내는 질감을 떠올리고 그것으로부터 소설과 무관한 겨울과 추위와 따스함에 대한 여러분만의 새로운 글을 쓸 수 있는 것이다. 그럼으로써 여러분이 쓴 글의 코듀로이는 소설과 전혀 상관없는 상징과 사유와 감각을 선보이며 한 편의 글이 된다.

이야기가 멈춘 순간에
아름다움을 느끼게 된다면

소설은 다양한 이야기를 통해 우리의 상상력을 자극한다. 그리고 소설을 통해 얻을 수 있는 효과는 상상력을 확장시키는 것만이 아니다. 소설 자체가 빼어난 묘사로 이루어진 경우가 많은 만큼 소설의 표현을 통해 묘사에 대한 글쓰기 연습을 할 수도 있다. 묘사보다 이야기 전개에 치중한 동화나 영상 이미지로 보여주는 영화와 달리 소설은 치밀한 묘사 문장으로 이루어진 경우가 많기 때문이다. 소설이라는 허구적 특성과 서사적 구조만 제외한다면 소설의 문장은 일반적인 글쓰기에서도 묘사의 좋은 사례가 될 수 있다.

소설 종류 중에서 장편소설이나 대하소설보다 단

상상력과 묘사가 필요한 당신에게

편소설에서의 묘사가 빼어난 경우가 많다. 그 이유는 장편소설이나 대하소설의 경우는 이미지 중심의 묘사보다 서사 중심의 사건 전개가 중요하기 때문이다. 장편소설과 대하소설이 이야기의 처음부터 끝에 이르기까지의 모든 것을 보여주는 방식이라면, 단편소설은 이야기의 단면을 보여주는 방식이다. 이야기의 흐름은 시간과 공간의 흐름이므로 구체적인 묘사보다는 이야기 자체에 집중할 수밖에 없다. 하지만 전체 이야기 중에서 한 지점의 단면을 보여주는 단편소설은 이야기의 흐름이 아니라 한 순간에 존재하는 이미지를 집중적으로 보여주기 때문에 훨씬 세밀한 묘사가 가능하다.

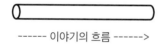

------ 이야기의 흐름 ------>

⬤

단면에 펼쳐진 수평적 이미지

단면을 세밀하게 표현한 묘사는 설명하지 않고 보여주기를 통해 이미지화함으로써 이야기를 풀어서 설명하는 방식보다 더 강력한 상징 장치를 부여받는다. 이야기를 설명하는 것은 이미지를 통한 묘사가 아니라 설명적 문장이다. 그러나 위의 그림에서처럼 단면을 잘라 보여주게 되면 하나의 사건을 둘러싼 다채로운 이미지를 포착할 수 있다. 이야기의 흐름을 통한 글의 전개가 줄거리나 상황을 설명하는 것이라면, 단면을 통해 보여주는 방식은 주요한 장면 이외에 여러 이미지를 동시에 포착할 수 있으므로 훨씬 세밀한 관찰과 묘사가 가능하다.

여행기를 쓸 때를 생각해보도록 하자. 우리는 여행기를 쓸 때 여행의 처음 순간부터 마지막 순간까지 이야기의 흐름을 통해 글을 풀어내는 경우가 많다. 그런데 이 경우에 여행이라는 이야기는 전달할 수 있겠지만 여행지를 감각적으로 묘사하기는 힘들다. 여행을 이야기라는 흐름으로만 풀어내면 여행을 떠나는 시간의 흐름과 사건의 열거, 행동 등만을 이야기하게 되고 다양한 감각적 이미지를 보여줄 수 없다. 그저 여행을 떠나는 순간부터 돌아올 때까지의 사건을 열거하는 무미건조한 글이 될 여지가 많다. 이처럼 이야기의 흐름으로만 파악하여 쓰면 묘사의 감각이 반감될 수밖에 없다.

하지만 이야기가 아닌 한 순간을 잘라낸 단면을 중심으로 여행기를 쓴다면 전혀 다른 감각을 보여줄 수 있다. 이를테면 공항의 여객터미널에 앉아 있는 모습과 함께 날아오르는 비행기에 대한 이미지와 사유를 제시한다거나 환승객 저편에 펼쳐진 저물녘의 모습과 함께 캐리어에 담긴 여행의 감각을 집중적으로 보여주면 어떨까? 이런 방식으로 한 순간의 단면을 보여주면 감각적인 이미지를 집중적으로 제시할 수 있다. 또한 제시된 각각의 이미지는 글 전체의 사유와 유기적인 관계를 맺으며 감각적이고 깊이 있는 사유를 보여준다.

특히 소설을 참고하여 묘사 쓰기 연습을 할 때에는 소설의 도입부에 주목하여 집중적으로 읽어야 한다. 그 이유는 소설의 도입부가 작품 전체의 상징과 연관을 맺으며 집중적

상상력과 묘사가 필요한 당신에게

인 묘사로 이루어진 경우가 많기 때문이다. 도입부의 묘사는 소설 전체와 연결되며 상징을 드러낸다는 점에서 상징을 익히기 쉽다. 그리고 구체적인 이미지와 작은 조각을 통해 전체 이야기를 제시한다는 점에서 구체적인 글쓰기의 방법을 파악할 수도 있다.

소설의 이미지와 묘사적 글쓰기: 「곰팡이꽃」

오층 아래로 내려다보이는 놀이터는 빗물이 고여 작은 웅덩이 같다. 이틀 전 내린 폭우로 놀이터 곳곳에는 채 빠지지 않은 흙탕물이 고여 있다. 여자가 걸터앉은 시소의 반대쪽도, 아이가 매달려 있는 '구름사다리' 아래도 물이 고여 있다.

여자는 콩깍지를 까고 있다. 깍지를 비틀 때면 벌어진 껍질 사이로 얼룩무늬의 강낭콩 알들이 나란히 나타난다. 여자의 손가락은 풋내가 물씬하다. 깍지에서 튄 콩이 모래밭 위로 날아가면 여자는 허겁지겁 엉덩이를 공중으로 쳐들고 콩을 줍는다. 여자가 걸터앉은 시소가 무게중심을 찾아 위로 조금 떠오른다. 아이의 체중은 철봉에 매달린 오른손에 실려 있다. 사내아이는 지금 셋째 칸에서 넷째 칸으로 건너가기 위해 숨을 고르고 있는 중이다. 발을 적시지 않고 마른 땅으로 내려오려면 어쩔 수 없이 구름사다리를 다 건너가야만 한다. 흘러내린 바지와 오른팔 쪽으로 치켜올라간 윗옷 사이로 드러난 맨살에 눈이 부시다.

여자는 남자로부터 등을 돌리고 앉아 있다. 남자에게는 여자의 구부린 등과 모래밭에 놓인 플라스틱 바구니만이 보일 뿐이다. 어느덧 바구니에는 강낭콩이 수북이 쌓인다. 오늘 저녁 강낭콩 밥을 지으시게요? 남자는 여자에게 넌지시 말을 건다. 하지만 여자는 대답하지 않는다. 여자에게까지 남자의 목소리는 가 닿지 않는다. 그 맛을 어떻게 잊겠어요? 이 사이에서 아삭아삭 씹히는 맛이 일품이죠. 저에게도 좀 나눠주시겠어요? 남자는 베란다 창가에 선 채 계속 입술을 달싹거린다. 콩깍지를 덮고 있는 가실가실한 솜털의 촉감과 콩깍지의 틈을 벌리느라 엄지손톱에 낀 섬유질까지 전부 다 상상할 수 있다. 다행히 여자는 아까부터 남자가 자신을 내려다보고 있는 것을 눈치채지 못한다. 그녀는 지금 콩에만 열중하고 있다. 수학 문제를 푸는 학생 같다. 아이는 건너편으로 건너가지 못하고 여전히 철봉에 매달린 채 이를 앙다물고 있다.

남자는 바지 뒷주머니에 끼고 있던 수첩을 꺼낸다.

　　　　　상상력과 묘사가 필요한 당신에게

엉덩이에 눌린 수첩은 완만하게 구부러들어 있다. 한 장을 넘기려니 덩달아 다른 장까지 붙어 넘어간다. 갈피 사이에 음식 찌꺼기가 묻은 채 그대로 말라버렸기 때문이다.

콩깍지, 시소, 구름사다리, 사내아이, 물웅덩이.

남자는 그 여자를 기억할 만한 몇 개의 단어들을 적는다. 콩을 까고 버린 콩깍지는 수많은 쓰레기봉투 가운데서 그 여자를 식별하는 유일한 단서가 될 것이다. 남자는 그 여자가 몇 호에 살고 있는지 알지 못한다. 남자가 살고 있는 아파트는 다행히 한 동뿐이지만 모두 90세대의 가구가 살고 있다.

하성란, 「곰팡이꽃」 『옆집 여자』 (창비, 1999), 부분.

하성란 작가의 「곰팡이꽃」은 섬세한 묘사가 돋보이는 소설이다. 묘사의 모범 사례라고 할 만큼 섬세하고 세밀한 표현이 잘 드러난 작품이다. 이 작품을 통해 우리가 유심히 살펴볼 부분은 구체적인 묘사로 이루어진 문장이다. 작가가 바라보는 소설 속 풍경은 망원렌즈를 통해 바라본 것처럼 구체적으로 우리 앞에 모습을 드러낸다.

작가는 보통 사람이라면 지나쳤음직한 장면 하나하나까지 놓치지 않고 바라보고 있다. 그런데 일견 평범해 보이는 작은 장면들은 각각의 상징과 의미를 드러낼 뿐만 아니라 그것들을 유기적으로 결합하여 글 전체의 상징과 의미를 만들어낸다. 이렇게 만들어진 장면은 감각적이고 세밀한 이미지를 통해 묘사의 매력을 만들어낸다.

작가는 아무것도 아닌 듯한 모습을 애써 바라보고 묘사하려고 한다. 그리고 묘사된 문장에 작가의 생각을 개입시키지 않는다. 작가는 자신의 눈만 믿은 채 철저히 카메라의 입장이 되어 이미지만을 포착하려고 한다. 이것이 바로 묘사의 기본이다. 묘사를 연습할 때 처음에는 의도적으로라도 자신의 생각을 완전히 배제하려는 노력이 필요하다. 무엇인가를 설명하려고 하거나 의미를 전달하려고 할 때 묘사는 힘을 잃어버린다.

그런데 많은 사람들은 묘사만으로 글을 쓰라고 하면 불안함을 느끼곤 한다. 심지어 카메라의 입장에서 눈으로 바라본 장면만을 쓰는 것을 쓸모없는 이미지를 채집하는 것이라고 생각하는 경우도 있다. 무엇인가 말하지 않는 것을 주제 의식 없이 쓰는 껍데기뿐인 글쓰기가 아닌가 걱정하기도 한다. 그러나 그런 생각에서 벗어나지 않는다면 감각적인 묘사를 하기 쉽지 않다. 주제 의식을 노골적으로 드러내는 글은 묘사를 통한 상징을 제시하기 힘들다.

위에 예문으로 제시한 부분만으로 이 작품의 상징을 완전하게 보여줄 수는 없지만 이 장면만으로도 묘사된 이미지가 전달하는 감각의 아름다움은 충분히 느낄 수 있다. 아직까지 작품 전체의 명확한 상징이 나타나지 않았다고 하더라도 여기에 제시한 부분만으로도 미적 감각이 충분히 느껴진다. 이 장면 이후에 무엇인가 유의미한 장면이 전개되리라는 것 역시 어렵지 않게 짐작할 수 있다.

콩을 까고 있는 여자와 그 여자를 바라보며 그것을

상상력과 묘사가 필요한 당신에게

기록하고 있는 남자. 그리고 구름사다리를 건너는 아이. 이 글은 아무것도 아닐 수 있는 (그러나 유의미한 장면이 분명한) 사소한 장면을 세밀하게 포착하고자 한다. 글을 쓸 때 하성란 작가의 「곰팡이꽃」처럼 아무것도 아닌 사소한 장면을 포착하여 묘사해보도록 하자. 곧바로 이러한 사소함이 아무것도 아닌 무의미한 장면이 아니라는 것을 느낄 것이다. 언뜻 사소해 보이는 장면이지만 이것은 사소하여 쓸모없는 것이 아니다.

우리는 보통 주제 의식을 직접 드러내거나 장면을 직접 말하는 방식으로 쓰려는 경향이 있다. 그런데 장면을 직접 말할 때 그것은 개괄적인 글이 될 여지가 많을 뿐만 아니라 감각적인 장면을 제시할 여지도 별로 없다. 오히려 아무것도 아닌 작은 장면을 포착하여 이미지화했을 때 구체적인 감각이 드러나는 글을 쓸 수 있다. 아무것도 아닌 장면은 사실 우리 삶의 가장 작은 단위라고 할 수 있는데 가장 작은 단위를 이루는 묘사는 당연히 구체적인 이미지를 드러내게 마련이다. 그런 점에서 작고 사소한 이야기를 다루면 구체적인 글쓰기에 쉽게 다가설 수 있다.

또한 사소한 장면을 쓴다는 것은 구체적인 정황을 포착하는 것뿐만 아니라 일상적인 이야기를 다룰 여지가 많다는 것을 의미한다. 언뜻 무의미해 보이는 일상에 의미를 부여하는 방식은 글쓰기를 포함한 현대 예술의 중요한 표현 방법이다. 그런 점에서 일상의 아무것도 아닌 장면을 포착하는 것은 글쓰기에서 꼭 필요한 덕목이다. 지나치게 거창한 이야기를 하려고 하지 말자. 그저 횡단보도 앞에 서 있는 한 사람, 테이블 위에 놓인 물컵, 물컵에 맺힌 물방울에 대해 이야기하도록 하자. 아무것도 아닌 일상으로 이루어진 것이 우리의 삶이므로 그런 사소함을 포착하는 것은 우리의 실제 삶을 조망하는 중요한 방식일 수밖에 없다. 앞에서 언급한 것처럼 글쓰기를 포함한 현대 예술은 일상의 무의미하고 무가치한 부분을 의도적으로 드러내는 방식으로 그것의 유의미함을 제시한다. 그렇기 때문에 작고 사소한 것들을 쓰려는 노력은 글쓰기에서 매우 중요한 것일 수밖에 없다.

소설의 이미지와 묘사적 글쓰기 : 「광어」

횟감은 오자마자 회쳐지는 놈도 있지만, 물을 다시 갈아줄 때까지 사는 놈이 있다. 아니 한 번도 수족관이 텅 빈 적이 없으니 줄곧 운 좋게 살아온 놈이 있을지도 모른다. 나는 회를 친다. 면장갑을 낀 다음 공들여 숫돌에 칼을 갈고, 뜰채를 들고 수족관 안을 들여다본다.

회를 치려면 칼이 제일 중요하다. 모든 것은 내 손이 하는 것이 아니라 칼이 한다. 살을 바를 때는 칼의 느낌이 중요하다. 가시, 그놈들의 뼈 위로 살짝 살을 남겨 놓아야 하기 때문이다. 가시에 칼을 붙이고 살을 바르면 그 놈들도 고통스러워하기 때문에 살을 살짝, 아주 살짝 남겨 놓아야 한다. 그러면 그놈들 대부분이 자기가 회쳐지고 있는지 모르게 된다. 그것들의 살만 바른다면 말이다. 그 느낌, 살만 들춰내는 칼의 느낌이 중요하다.

놈을 고르지만 선뜻 눈에 들어오는 놈이 없다. 칼이 자기 몸을 후비는 것을 느끼는 놈들도 있다. 그놈들은 내장을 다친 경우이다. 내가 칼의 느낌이 좋지 않은 날, 살짝, 아주 살짝 내장을 건드린 경우에 그놈들은 칼의 느낌을 안다. 그러면 그놈은 나를 노려보며 입을 크게 벌리고 숨을 쉰다. 소리는 나지 않지만 내장 밖으로 바람이 새는 소리가 가냘프게 느껴진다. 그런 경우에는 무채를 수북이, 깊숙이 쌓아준다. 나는 바람 새는 내장이 차가운 접시 바닥에 닿는 것을 원치 않는다. 아주 살짝이지만 그래도 그놈들은 곧 죽는다. 나에게 있어 살짝은 그놈들에게는 치명적인 것이다.

당신과 몸을 섞은 날 이후로 내 몸에도 그 바람이 지지 않는다. 나약한 바람, 물고기들이 죽기 전에 내뱉는 그 바람이 내 몸 위를 떠다닌다. 간혹 나뭇가지에 앉거나 공지천 물 위로 스미고, 중도에 가서 되돌아오는 바람이 말이다. 그것은 내게 서늘함을 준다. 대금에서 떠도는 소리와 같은 서늘한 바람을 말이다. 당신은 대금과 같다. 거대하고 새까만 구멍을 지니고서 그곳을 지나야 소리가 나는

대금과 같다. 하지만 당신은 방금, 당신의 자궁 속
으로 스쳐간 바람을 기억하지 못할 것이다. 당신은
마취에서 깨어나지 못했으니 말이다.

백가흠, 「광어」, 『귀뚜라미가 온다』 (문학동네, 2005), 부분.

　　백가흠 작가의 「광어」는 묘사 자체도 빼어나지만
'광어'라는 소재의 상징이 우리의 감각을 압도하는 작품이다. 특히
이 소설은 회쳐지는 광어의 모습을 통해 삶과 죽음의 의미를 떠올
리게도 하지만 거기에 더해 '당신의 몸'과 오버랩 되며 인간의 삶
과 죽음을 연상하게 한다. 그런 점에서 백가흠 작가의 「광어」가 드
러내는 묘사는 우리에게 깊은 울림과 사유를 전달한다.

　　이 소설의 도입부에서 작가는 회쳐지는 광어의 모
습을 섬세하게 바라본다. 독자들은 회쳐지는 광어의 모습이 마치
눈앞에 펼쳐지는 것만 같은 느낌에 사로잡힌다. 작가는 이 작품
에서 묘사를 주된 수사로 사용하고 있는데 중간 중간 진술을 삽
입하여 묘사에 깊이를 더하기도 한다. 그러나 작가는 소설의 주
제를 직접 말하지 않는다. 다만 묘사를 하는 가운데 광어와 칼에
대해 우회적인 상징적 진술을 할 따름이다. 이를테면 "살을 비를
때는 칼의 느낌이 중요하다"는 작가가 전달하고 싶은 주제가 아
니다. 이 문장은 글의 주제를 상징적으로 제시하는 우회적인 진
술이다. 이 문장이 작품의 주제와 연결되기는 하지만 회를 뜨는
순간의 감각 자체가 글의 주제가 아니다. 작가의 진술은 작가의
생각을 직접 드러내지 않고 광어와 칼을 통해 나타난다.

묘사

광어와 칼(이미지, 묘사) ---- 삶과 죽음(내용, 주제)

기표   기의(기표 안에 숨어 있음)

묘사의 방법으로 광어와 칼을 묘사할 경우 삶과 죽음이라는 주제는 직설적으로 드러나지 않는다. 작가는 광어와 칼을 묘사하여 그것이 전달하는 유의미한 이미지를 제시할 뿐이지 삶과 죽음이라는 주제를 노골적으로 이야기하지 않는다. 이러한 구조일 때 묘사는 주제를 감춤으로써 상징적인 표현이 된다.

진술

광어와 칼에 대해 진술함 ---- 삶과 죽음을 직접 말하는 것이 아님

(우회적 진술)   (우회적 진술 안에 숨어 있음)

「광어」에 나타난 진술은 언뜻 보기에 작가의 생각을 직접 드러내는 것 같다. 하지만 이 글에서 작가는 단 한 번도 삶과 죽음이라는 주제를 직접 이야기하지 않는다. 작가가 말하는 것은 언제나 광어와 칼에 대한 것이며 그것을 통해 삶과 죽음을 상징화하여 보여준다. 이러한 진술은 주제에 대한 직접적인 발언이 아니라는 점에서 묘사와 마찬가지로 우회적인 의미 구조를 지닌다. 설령 작가가 삶과 죽음에 대해 직접 언급한 부분이 나온다고 하더라도 그때 역시 광어와 칼을 전제로 하여 빗대어 말하는 것이기 때문에 직설적인 말과는 다른 것이다. 물론 글을 쓸 때에 때로는 자신의 생각과 느낌을 직접 말해야 할 때가 있다. 하지만

지나치게 직설적인 표현만으로 글을 쓴다면 문장이 주는 감각적 느낌이 전혀 없는 글이 된다. 사용 설명서나 보고서 등 일부를 제외하고 대부분의 글에 글쓴이의 감각은 필수적이다. 심지어 비평문이나 문학평론 같은 글도 그렇다. 따라서 우회적 상징을 통해 글을 쓴다는 것은 그만큼 중요한 것이라고 할 수 있다.

상상력과 묘사가 필요한 당신에게

9.

한 장의 사진과
이토록 아름다운 그림

사진과 그림의 미적 순간과
묘사적 글쓰기

사진이나 그림은 정지된 이미지라는 점과 프레임 안에 들어온 모든 것을 포착할 수 있다는 점에서 글쓰기와 관계를 맺거나 다른 특성을 보여주기도 한다. 정지된 이미지로서 사진과 그림은 인상적인 한순간을 포착했다는 점에서 '지배적인 정황'과 연관이 있다. 이때 사진과 그림은 상징을 드러내며 감각과 사유를 제시하거나 감각적인 이미지로 우리에게 미적 경험을 전달한다.

시와 단편소설은 멈추어버린 장면의 인상적인 순간을 통해 우리에게 미적 인식을 전달하는 경우가 많다. 시와 단편소설이 전달하는 강렬한 감각은 한 장의 사진이나 그림과 같은 한순간의 미의식과 연관되어 있다. 그리고 시나 단편소설 이외의 글에도 사진이나 그림이 전달하는 감각이 적용되는 사례는 많다.

감각적인 글을 쓰고자 한다면 한 장의 사진이나 그림이 전달하는 예술적인 강렬함에 자극을 받도록 하자. 사진은 이야기를 통해 하고자 하는 말을 장황하게 설명하려고 하지 않는다. 그저 한 장의 이미지를 통해 말하고자 하는 것을 압축하여 전달한다. 그곳에 작가의 말이나 설명은 들어 있지 않다.

그렇기 때문에 사진과 그림은 더욱 상징적으로 이미지를 이용한다.

그리고 사진과 그림 안에 숨겨진 감각과 상징을 포착할 수 있을 때 글은 의미를 세련되게 내장하게 된다. 이러한 상징 구조로부터 자신만의 글이 나올 수 있도록 연습해야 한다. 물론 그것은 결코 쉽지 않은 일이다. 사진과 그림은 영화나 동화나 소설과 같은 이야기가 없기 때문에 그 안에 숨은 뜻을 파악하기가 상대적으로 쉽지 않기 때문이다.

하지만 사진과 그림 속에 숨어 있는 의미의 난해함이 단점으로 작동하는 것만은 아니다. 상징적인 의미를 찾는 것이 어렵기는 하지만 작품 속에 담겨 있는 이야기를 직접 말하지 않기 때문에 나만의 새로운 감각을 부여하여 상상력이 확장된 글을 쓰는 데 도움이 된다. 지배적인 하나의 장면을 포착하여 글을 시작하는 연습을 하고 싶다면 사진과 그림을 통해 글감을 찾도록 하자.

사진과 그림을 통한 연상으로 글을 쓰고자 하는 경우에 주의해야 할 것이 있다. 사진과 그림의 경우 프레임 안에만 들어오면 그 안에 있는 모든 것을 표현할 수 있는 반면 글의 경우는 그렇지 않다는 점이다. 즉 일정한 프레임 안에 들어온 사진과 그림 속의 사물은 작가의 의도와 무관하게 모든 것이 표현된다. 이를테면 책상을 찍은 사진에는 굳이 찍지 않아도 되는 작은 티끌까지도 찍힌다는 것이다. 이렇게 찍힌 사물은 작품의 전체적인 상징이나 의도에 큰 영향을 미치지 않는다. 물론 사진이나 그림 역시 작가의 의지에 따라 이미지를 선택하고 배제한다. 다만

상상력과 묘사가 필요한 당신에게

사진이나 그림(특히 사진)은 작가의 의도와 무관한 모든 사물까지 표현되기도 하며 글쓰기에서와는 달리 그러한 점이 문제가 되는 경우가 적다.

그런데 글을 통해 표현하는 사물은 사진이나 그림과는 다른 특성을 지닌다. 한 편의 글이 표현하고자 하는 장면이 있을 때 그 안에 있는 모든 사물을 빠짐없이 표현하는 것은 불가능에 가까운 일이다. 또한 모든 사물을 표현할 필요도 없다. 오히려 모든 사물을 표현하면 글만 산만해질 뿐이다. 이처럼 글에서 다루는 이미지는 사진이나 그림과는 달리 선택과 배제의 원리가 더 크게 작동한다. 글을 쓸 때에는 눈앞에 보이는 모든 이미지를 쓸 필요가 없다.

글에서 다뤄야 하는 이미지는 선택과 배제를 통해 선별해서 사용해야 한다. 자신이 쓰고자 하는 글의 미적 감각에 어울리는 이미지와 대상을 선택하여 표현함으로써 쓰고자 하는 의도를 집중적으로 보여줘야 한다. 또한 불필요한 이미지와 대상은 과감하게 버릴 필요가 있다. 구체적인 묘사를 한다는 이유로 모든 것을 묘사할 필요가 없는 것이다. 글쓰기에서 묘사가 중요한 만큼 글쓰기는 사진이나 그림과 유사한 특성을 지니고 있는 장르라고 할 수 있다. 하지만 눈앞에 놓인 사물을 다루는 방법은 이처럼 같지 않다.

사진과 그림의 미적 순간과 묘사적 글쓰기 : 낸 골딘

낸 골딘, 〈간이침대 위의 트릭시〉, 뉴욕, 1979.

사진 속에 무희로 보이는 여성이 간이침대에 앉아 담배를 피우고 있다. 여성 앞에는 재떨이로 사용하고 있는 컵이 놓여 있고 탁자 위에는 맥주 한 캔이 있다. 고단한 듯 보이는 여성의 흰 드레스에는 붉은 장미가 수놓아져 있다. 간이침대 위에는 잡지가 아무렇게나 놓여 있고 촉수 낮은 백열등이 좁은 방을 희미하게 비추고 있다.

미국의 사진작가 낸 골딘Nan Goldin의 작품 〈간이침대 위의 드릭시〉이다. 이 사진에서 어떤 감각을 떠올릴 수 있을까? 아마 많은 사람들은 사진 속 무희의 고단한 모습과 간이침대가 있는 공간의 남루함을 글로 쓰려고 할 것이다. 사람들이 관심을 가지고 쓰려고 하는 무희의 고단함과 간이침대가 있는 공간은 우리에게 삶의 고단함과 같은 감동을 전달하기에 부족함이 없다. 그런데 이 사진 속의 이미지를 조금 다른 방법으로 바라볼 수는

상상력과 묘사가 필요한 당신에게

없을까? 또한 누구나 접근하는 방식 이외의 방법으로 글을 쓸 수는 없는 것일까?

　　대부분의 사람들은 낸 골딘의 사진을 보고 사진 속 장면을 있는 그대로 표현하려고 할 것이다. 사진의 이미지를 사실적으로 바라보고자 하기 때문에 묘사의 방법 역시 사실적인 묘사인 서경적 묘사를 사용할 것이다. 서경적 묘사로 낸 골딘의 사진을 표현할 때 무희의 고단함은 우리에게 잔잔한 울림으로 다가올 가능성이 크다. 세밀한 서경적 묘사만으로도 낸 골딘 사진의 감각을 극적으로 표현할 수도 있다. 하지만 조금 다른 방식으로 낸 골딘의 사진을 바라볼 수는 없을까?

　　심상적 묘사의 방법으로 낸 골딘의 사진을 바라본다면 서경적 묘사를 할 때와는 무척 다른 감각의 글을 쓸 수도 있다. 무희의 드레스에 수놓아진 장미를 중심으로 심상적 묘사를 해보도록 하자. 무희를 둘러싼 배경은 서경적 묘사와 동일하게 두고 장미를 심상적인 묘사 문장으로 바꾸는 것만으로 새로운 느낌을 줄 수 있다. 장미가 여자의 몸을 휘감는다고 상상하고 그 장면을 중심으로 다음과 같은 정황을 만들어보자.

① 장미가 여자의 몸을 휘감는다.
② 장미의 가시에 긁힌 여자의 몸은 상처로 가득하다.
③ 장미가 여자의 심장을 움켜쥔다.
④ 여자의 심장으로부터 두근거리는 심박이 흘러나온다.

⑤ 두근거리는 심박은 불길한 신화처럼 밤의 어둠을
   흐느낀다.
⑥ 여자의 심장으로부터 흘러나온 피가 장미의 가지
   를 적신다.

이 문장을 중심으로 다음과 같은 심상적 묘사의 글
을 써보자. 다소 시적인 느낌이 강하지만 이처럼 색다른 상상력
을 해본다면 낯선 느낌의 글을 쓰는 데 도움이 될 것이다.

백열등 아래 당신은 앉아 있고, 담배를 피우며 불
온한 오늘 밤을 회고하려 한다. 당신의 드레스에
수놓아진 장미는 무엇을 말하고 싶은 것인가. 당신
은 마시다 만 맥주를 앞에 두고 여전히 말이 없다.
드레스에 수놓아진 장미가 당신의 몸을 휘감으며
울음을 터뜨리려 한다. 장미는 당신의 기억을 떠올
리고, 장미의 가시는 어느새 당신의 심장을 움켜쥐
려 한다. 당신의 심장으로부터 흘러나오는 것은 무
엇인가. 당신의 심장으로부터 두근거리는 심박은
이윽고 흘러나오기 시작한다. 두근거리는 당신의
심박은 불길한 신화처럼 오늘 밤의 어둠을 흐느끼
려 한다. 당신은 담배를 피우며 잠시 얼굴을 찡그
린 듯도 했지만 아무 일도 없었던 것처럼 오늘 밤
을 애써 외면하려 한다. 장미의 가지를 적시며 당
신의 심장으로부터 피가 배어 나온다. 당신은 여전

상상력과 묘사가 필요한 당신에게

히 담배를 피우고 있다. 오늘 밤의 아픔과 지리멸
렬처럼 담배 연기가 피어오른다.

사진과 그림의 미적 순간과 묘사적 글쓰기: 샤갈

샤갈, 〈나와 마을〉, 1911.

샤갈, 〈술잔을 높이 쳐든 이
중 초상〉. 1917~1918.

샤갈Chagall의 작품 두 점을 비교해보도록 하자. 두
그림은 샤갈의 특성을 잘 보여주는 그림이지만 글쓰기에서의 상
징과 사유라는 점에서 본다면 다른 특성을 나타낸다. 그림은 이
미지를 통해 작가의 의도를 제시하는 특징 때문에 언어를 통해
의도를 전달하는 글과는 다르게 구구절절하게 설명할 필요가 없
다. 이미지를 보여주는 것만으로도 작가의 의도와 감각은 충분
히 전달된다. 그런데 그림에 나타난 이미지의 경우 어떤 것은 언

어를 통해 매끄러운 상징과 사유로 바뀔 수 있는 데 반하여 어떤 것은 언어를 통해 상징과 사유를 제시하거나 설명하기 어려운 경우가 있다. 따라서 그림을 통해 글을 쓸 때에는 언어화할 수 있는 그림을 선택하는 것이 매우 중요하다.

위의 그림 중에서 〈나와 마을〉은 샤갈의 대표작이지만 이미지가 전달하는 감각과는 다르게 언어로 그림 이미지의 상징과 사유를 드러내는 것이 쉽지 않다. 물론 그림에 등장하는 각각의 이미지를 묘사하거나 설명할 수는 있다. 하지만 수많은 이미지가 뒤섞인 이 그림의 장면들을 열거하는 데 그칠 가능성이 많다. 특히 이 장면을 언어로 설명하거나 보여줄 때 어떤 상징과 사유를 제시해야 하는지 난감하다.

하지만 〈술잔을 높이 쳐든 이중 초상〉은 언어로 제시하기 적합한 상징과 사유를 지니고 있다. 물론 그림을 통해 상상하는 글의 상징과 사유는 그림 자체가 제시하고자 했던 의도와는 무관할 수도 있다. 분명한 점은 이 그림이 언어화할 수 있는 상징과 사유로 이루어져 있다는 점이다. 따라서 이 그림을 묘사하여 의미 있는 상징과 사유가 드러내는 글을 쓰는 것은 수월하다.

〈술잔을 높이 쳐든 이중 초상〉은 흰 드레스를 입은 여성(으로 추정되는 사람)이 붉은 재킷을 입고 있는 남성(으로 추정되는 사람)을 목말을 태우고 있다. 이 장면을 묘사하는 것만으로도 우리 의식 속에 있는 고착화된 젠더 의식을 전복하고자 하는 작가의 의도를 보여줄 수 있다. 여성이 남성을 목말을 태운 이미지와 붉은 재킷과 남성이라는 이미지는 우리 안에 있는 성에 대한 고정관념을 뒤집는 것으로 이해될 수 있다.

상상력과 묘사가 필요한 당신에게

　　　　남성의 얼굴은 마치 가면을 쓰고 있는 듯 보이는데 가면은 정면을 바라보고 있지만 정작 남성의 얼굴은 왼쪽을 바라보고 있는 것 같다. 이 이미지를 통해 삶의 지향성에 대한 문제를 제시할 수도 있고 위장된 가면 속에 숨어 있는 실존의 문제를 제시할 수도 있다. 그리고 외부로 드러난 가면은 붉은 재킷을 입은 주체의 외부에 존재하는 타자로 상징화할 수 있다.

　　　　이처럼 위의 두 그림은 이미지일 때와는 달리 언어화할 때 더 적합하거나 적합하지 않은 것이 있음을 보여준다. 그림을 통해 글감을 찾을 때에도 그것의 이미지는 언어에 적합한 것이어야 한다. 이미지를 제시하는 그림이라고 무조건 묘사를 하기 위한 좋은 글감이 되는 것은 아니다. 그림이 이미지로 이루어진 것처럼 글 역시 이미지를 중요하게 내세우지만 그림의 이미지와 언어의 이미지는 같은 듯 다른 것이다. 두 세계의 차이를 알고 글을 쓸 때에야 비로소 글의 상징과 사유는 여러분의 문장 안으로 들어설 것이다.

10.

매혹이 되는 순간과
당신의 문장들

죽음의 장면과
묘사적 글쓰기

죽음은 우리에게 강렬한 미의식을 자극하며 깊은 인상을 남긴다. 죽음이라는 비극이 우리 앞에 당도할 때 우리는 비극의 강도만큼이나 커다란 미적 인식을 느낀다. 현대 예술의 감동은 더 이상 가슴 뭉클한 감상이나 표면적인 아름다움으로부터 오지 않는다. 오히려 현대 예술의 감동은 비극적이며 부조리한 지점으로부터 비롯한다. 불편하고 충격적이며 비극적인 것. 오늘날 우리는 이러한 것들을 통해 예술적인 감각을 느낀다.

그런 만큼 죽음에 대한 장면은 글쓰기의 소재로 적합하다. 죽음이 비극적 세계가 전달하는 미적 인식을 많이 내장하고 있기 때문이다. 죽음이 비극적이라는 것은 자명하다. 따라서 비극인 죽음은 현대 예술의 미적 인식과 깊은 관련을 맺는다. 사람들은 죽음을 단순한 사건으로 바라보지 않는다. 죽음을 바라보는 우리의 내면은 심리적인 파동을 경험하게 되고 이러한 파동은 현대 예술에서의 미적 인식으로 연결된다. 따라서 죽음의 장면을 포착하여 글을 쓴다는 것은 완결성 있는 미적 구조를 구축할 수 있다는 점에서 의미 있는 일이다.

그렇다면 죽음의 장면이 미적 인식을 제시하는 이유는 무엇일까? 죽음이 우리의 미적 인식을 자극하여 예술적 장면을 만드는 이유는 '지배적인 정황'과 관련이 있다. 죽음은 그것이 지니고 있는 비극성을 통해 미적 인식을 전달하고, 이러한 미적 인식은 우리의 감각 안에서 '지배적인 정황'을 만들어낸다. 따라서 죽음을 제시하는 장면이 곧 '지배적인 장면'이라고 해도 과언이 아니다.

'지배적인 장면'이 없는 정황은 미적 인식을 제시하기 어렵다. 이를테면 식당에서 행복하게 식사를 하는 한 가족의 단란한 모습에서 미적 인식을 느끼기는 어렵다. 또한 친구들과 어울려 게임을 하는 초등학생의 모습 역시 미적 인식을 느끼기 어렵다. 이러한 장면들은 즐겁고 행복해 보이는 모습이지만 이와 같은 장면에서 예술적 감흥과 감각이라는 특별한 순간을 제시하는 것은 어려운 일이다.

미적 인식이라는 것은 단순히 겉으로 드러난 아름다움에 대한 인식을 말하는 것이 아니다. '미적'이라는 말 역시 단편적인 아름다움을 의미하는 말이 아니다. '미적'이라는 말은 우리의 감각 안에서 특별한 느낌과 정서를 환기하는, 예술적으로 조직된 아름다움을 의미한다. 미적 인식은 우리가 예술적으로 인식하는 그 무엇이며 좀 더 의미 깊은 감동과 상징을 갖는다.

이번에는 죽음의 장면을 떠올려보자. 그것은 교통사고의 현장일 수도 있고 로드킬 당한 동물의 죽음 직전의 모습일 수도 있다. 또는 장례식장의 풍경일 수도 있고 저수지에 빠져 죽은 사람의 모습일 수도 있다. 이외에도 죽음의 장면은 여러 가지가 있다. 비무장지대에 유골로 남은 전쟁의 흔적일 수도 있고 배에서 죽음을 맞이한 보트피플일 수도 있다.

상상력과 묘사가 필요한 당신에게

이와 같은 죽음의 풍경은 우리에게 특별한 감각을 전달하며 미적 순간으로 다가온다. 미적인 아름다움은 당연히 '아름다운 가상'이라는 예쁘고 멋진 이미지가 아니다. 아도르노Adorno는 비극적인 현대사회에서 '아름다운 가상'으로서의 예술은 무너져 내렸다고 이야기한다. 이제 예술 작품은 아름다움을 그리지 않는다는 말이다. 오늘날 예술은 아름답지 않은 것을 그림으로써 우리에게 미적 인식을 전달한다.

그런 점에서 죽음을 드러내는 글쓰기는 미적 정서를 환기하며 우리에게 다가온다. 미적 인식으로서의 죽음은 글에 미적 감각을 덧씌우며 우리에게 특별한 감동을 전달한다. 그런 점에서 죽음은 좋은 글감이며 그것을 묘사하는 것은 미적 순간을 표현하는 좋은 방법이 된다. 다만 죽음을 판단하거나 죽음에 대한 감정을 앞세우지 말아야 한다. 죽음을 지나치게 감정적으로 받아들이면 좋은 글을 쓸 수 없다. 죽음을 객관적으로 파악하고 일정한 거리를 유지할 때 좋은 글이 된다. 죽음에 지나치게 많은 감정을 투사하면 그것은 감상적 인식을 주게 된다. 이런 글은 감상성으로 인해 낯간지러운 글이 되기 쉽다. 어떤 경우에도 죽음을 바라보는 작가의 시선과 감정은 대상과 일정한 거리를 유지하도록 해야 한다.

여기 하나의 죽음이 있다. 비극인 죽음은 그 안에 드라마를 지니고 있는 경우가 많으며 그것 자체로 우리에게 여러 가지 생각을 할 수 있게 하는 좋은 글감이다. 죽음의 장면 속에서 우리는 삶과 죽음에 대한 사유를 깊이 있게 생각해볼 수 있다. 그리고 죽음은 우리의 감정 안으로 잠입하며 예술적인 감동을 만들어낸다.

비극으로서의 죽음. 죽음은 비극을 환기하는 가장 강렬한 사건이다. 이러한 사건이 우리의 의식 안으로 들어올 때 훨씬 감동적이고 문학적이며 강렬한 정서적 충격을 주는 글을 쓸 수 있다. 이런 충격 안에 놓일 때 우리의 글은 미적 인식이라는 매혹이 된다. 그러나 이때에도 죽음을 설명하거나 사유를 직접적으로 늘어놓지는 말아야 한다. 이것은 죽음을 감상적으로 드러내는 글만큼이나 죽음을 진부하게 형상화하게 된다. 죽음에 대한 설명이나 직설적인 사유 그리고 감상적인 죽음의 장면은 비극적 국면으로서의 미적 인식인 '지배적인 정황'을 제대로 전달할 수 없다. 죽음이라는 장면을 객관적인 미의식으로 제시할 때 죽음은 비로소 지배적인 이미지를 드러내며 우리 앞에 당도하게 된다.

도시적 상상력과
묘사적 글쓰기

현대인의 대부분은 도시에 살고 있다. 그런 만큼 도시는 우리 삶의 중요한 공간이다. 상당수의 현대인들이 도시에서 태어나 성장하고 도시에서 생의 마지막 순간을 맞이한다. 도시가 우리 삶의 대부분을 차지하는 것만큼 도시는 글쓰기의 중요한 공간이다. 우리 삶의 주요 공간이 도시인 만큼 많은 글이 도시에서의 삶을 다룬다. 글 속에 도시에 대한 이야기가 나오는 것은

상상력과 묘사가 필요한 당신에게

매우 자연스러운 일이다. 어쩌면 도시 이야기를 쓰지 않는 것이 이상한 것일지도 모른다.

그런데 많은 사람들이 자신의 삶과 가장 가까이 있는 도시에 대한 이야기를 쓰지 않는다. 뭔가 글을 쓴다고 하면 아름다운 자연을 보여줘야 할 것 같은 생각에 빠지기도 하고 유년 시절이나 할아버지 세대가 경험했음직한 시골 풍경을 떠올리기도 한다. 물론 자연이나 시골에 대한 이야기를 쓰면 안 된다는 것은 아니다. 다만 습관적으로 그런 소재와 이야기를 글의 전부라고 생각하는 태도가 문제인 것이다.

글에는 자연스럽게 인간의 삶이 드러나는 경우가 많다. 도시에 살고 있다면 우리의 삶을 표현하기 위해 도시를 배경으로 한 이야기가 펼쳐지는 경우가 많다. 그런데 처음 글을 쓰고자 하는 사람들은 글에 대한 오해를 가지고 이와는 정반대의 발상으로 글을 쓰고는 한다. 글은 대체적으로 우리가 살고 있는 현재인 당대를 반영하게 마련이다. 따라서 지금의 상황을 고려하지 않고 과거의 이야기만 하는 것은 심각한 오류이다.

물론 글에 과거의 이야기를 담는 경우는 무척 많다. 하지만 과거의 이야기가 현재의 상황과 전혀 상관이 없는 유물처럼 느껴질 때 문제가 생긴다. 과거를 떠올리고 쓰는 것은 좋지만 무작정 '신작로'나 '초가'나 '방물장수'에 얽힌 이야기를 하는 것은 옳지 않다. 이런 오류가 생기는 이유는 아련한 향수나 추억을 소환하고자 하는 고리타분한 생각 때문이다. 과거의 이야기가 현재와 연관을 맺지 않을 때 과거의 이야기는 그저 진부하고 감상적인 문학적 포즈로 전락할 따름이다.

여러분의 주변에 있는 도시의 풍경과 사건과 사물을 가지고 글을 시작해보도록 하자. 다만 상투적인 도시의 모습과 사유가 나오지 않도록 주의를 해야 한다. 우선 도시가 전달하는 진부한 모습을 쓴다거나 도시에 대한 생각을 개괄적으로 인식하는 것부터 삼가야 한다.

도시 = 비극(개괄적·관념적·피상적 인식)

도시가 곧 비극이라는 인식을 가지고 도시를 관념적으로 바라보면 곤란하다. 도시를 비극이라는 관념적 인식만으로 파악하면 구체적이지 않은 개괄적인 표현을 하게 된다. 개괄적인 표현은 분명한 이미지가 아니기 때문에 피상적이고 모호한 인식을 제시할 수밖에 없다. 이런 경우 의미 역시 불분명해질 수밖에 없다.

도시A			

도시a-1	도시a-2	도시a-3
도시a-4	도시a-5	도시a-6
도시a-7	도시a-8	도시a-9

도시를 개괄적으로 인식하면 도시의 전반적인 인상을 제시할 뿐이다. 따라서 '비극, 현대, 단절' 등과 같은 개괄적인 개념이 떠오른다. 이때 도시에 대한 개괄적인 생각과 느낌은 구체적인 이미지를 동반하지 않는다. 도시적 상상력은 도시에서 볼 수 있는 사물이나 경험할 수 있는 사건의 작은 단위일 때 생생

상상력과 묘사가 필요한 당신에게

한 감각을 전달할 수 있다.

도시 → 빌딩 → 편의점

도시보다는 도시의 빌딩을, 빌딩보다는 빌딩에 입주한 편의점에서 소재를 찾아야 한다. 그리고 편의점에 그치지 말고 더 작은 장면을 찾아야 한다.

편의점 → 심야의 편의점 → 어둠 속에 섬처럼 홀로 환한 편의점 → 심야 편의점의 고요한 냉동고 → 냉동고의 단단하게 얼어붙은 것만 같은 허공

편의점이라는 글감이 어느 정도 구체적이라고 해서 거기에 멈추면 안 된다. 도시보다는 덜 하겠지만 편의점 역시 개괄적 인식이 될 여지가 많다. 편의점에서 더 파고 들어가서 심야의 편의점을 떠올리고 이어서 냉동고와 냉동고에 얼어붙은 허공까지 들어가야 한다. 이렇게 되었을 때 편의점은 구체적 실체를 가지고 우리 앞에 하나의 감각으로 당도하게 된다. 냉동고의 얼어붙은 허공을 쓴다고 해서 편의점 전체의 이미지와 감각이 드러나지 않는 것도 아니다. 오히려 얼어붙은 편의점의 냉동고를 씀으로써 편의점이라는 이미지를 구체적으로 떠올릴 수 있다. 편의점 전체에 대한 느낌만으로 글을 쓰고자 했을 때에는 편의점이 전달하는 개괄적이고 관념적인 느낌과 생각만이 떠오른다. 좋은 글은 작고 구체적인 것들을 바라볼 때 시작된다. 구체적

인 정황과 이미지야말로 좋은 글의 출발이라는 점을 절대로 잊으면 안 된다.

이국적 상상력과
묘사적 글쓰기

글이 안 써질 때 여러분이 살고 있는 익숙한 곳에 대한 이야기가 아니라 먼 곳에 있는 다른 나라의 풍경이나 사건을 떠올려보자. 자신이 살고 있지 않은 먼 곳의 이야기를 떠올리면 과연 어떤 느낌이 들까? 아마 먼 곳에 있는 다른 세계의 풍경으로부터 낯설고 새로운 감각이 다가오는 것이 느껴질 것이다. 그것은 평상시에 전혀 느낄 수 없는 감각을 동반하며 우리 앞에 당도한다. 어쩌면 여러분은 스스로 그런 장면과 이야기를 떠올렸다는 데에 한껏 고무될지도 모른다. 우리에게 익숙한 것이 아닌 세계를 소재로 글을 쓰면 평상시에는 발휘할 수 없었던 감각을 제시할 수 있다.

그런데 다른 나라의 풍경을 떠올리면 왜 우리 주변의 일상을 떠올렸을 때와 다르게 이런 새로운 감각이 생기는 걸까? 그것은 당연하게도 다른 나라의 풍경이 우리에게 익숙하지 않은 새로운 모습이기 때문이다. 너무 당연한 말인 듯싶지만 이러한 이유가 글을 새롭게 만드는 가장 큰 이유이며 그것은 글쓰기에 있어서 매우 중요한 사실이다. 우리가 접하지 못했던 이미지와 감각이 낯선 장면과 이미지를 만든다. 이러한 새로움은 우리의 익숙함 속에 존재하지 않았던 것이기 때문에 쉽게 신선한 글이 된다.

이렇게 손쉽게 새로운 장면을 포착할 수 있는데 많은 사람들은 왜 주변의 사물과 사건만을 가지고 글을 쓰려고 하는 것일까? 물론 주변의 것들을 소재로 하여 글을 쓰는 것이 나쁘다는 것은 아니다. 오히려 글쓴이가 가장 잘 알고 있는 세계를 쓸 때 호소력과 전달력이 좋은 글을 쓸 수 있기도 하다. 하지만 자신의 주변의 것들을 가지고 글을 쓸 때 상투적이고 진부한 글이 되는 경우가 많고 그런 글이 주는 뻔한 감수성을 감동적인 것이라고 착각하기도 한다. 일상적인 소재를 쓰는 것은 좋지만 그것에서 신선한 장면이나 이야기를 포착하지 못한다면 그 글은 실패할 수밖에 없다.

일상에서 미적인 순간을 포착하여 글을 쓴다는 것은 무척이나 매력적인 일이다. 그런데도 그 결과물이 우리의 기대치에 미치지 못하는 경우는 무엇 때문일까? 그 이유는 여러 가지가 있지만 가장 큰 문제는 우리가 일상이 전달하는 일차원적인 감각을 미적인 것으로 착각하는 데 있다. 흔히 문학적인 것이라고 착각하는 진부한 장면을 좋은 글감이라고 생각하는 것이다. 당연한 말이지만 글이란 아무 장면이나 쓴다고 해서 의미 있는 세계를 만들지 못한다. 좋은 글을 쓴다는 것은 아무리 작고 사소해 보이는 소재라고 하더라도 아무렇게나 선택하여 쓰지 않는다는 것을 의미한다. 우리의 삶 주변에 널린 장면을 미적인 순간이 되도록 재조직하지 못한다면 그 글은 아무것도 아닌 단편적인 이미지나 이야기에 불과한 것이 된다. 아무리 사소한 것일지라도 사소함이 유의미한 세계를 만들어내지 못하면 곤란하다. 그런 만큼 일상적인 장면에서 새로움을 포착한다는 것은 매우 어려운 일이다.

그렇다면 아예 일상을 벗어나 일상 너머의 것들을 가지고 글을 쓰면 어떨까? 우리의 삶 주변에 있는 익숙한 것 대신 처음부터 아예 낯선 것들을 소재로 하여 글을 쓴다면 큰 노력을 들이지 않더라도 낯선 세계와 만날 수 있지 않을까? 낯선 세계인 이국적 장면을 소재로 하여 글을 써보도록 하자. 실제로 이국적인 장면이나 이야기를 하면 의외로 손쉽게 새롭고 낯선 글을 쓸 수 있다. 아울러 이러한 새로움과 낯섦을 바탕으로 감각적인 글을 쓸 가능성도 높아진다. 그 이유는 여러분도 짐작했듯이 이국적인 장면과 이야기가 평상시에 보고 경험할 수 없는 것들이자 감각이기 때문이다.

네루다Neruda는 프랑스 비평가들에게 좋은 평가를 얻고 있는 자신의 글에 대해 "내 글이 프랑스 비평가들에게 좋은 평가를 받는 것은 내가 칠레의 이야기를 하기 때문"이라고 말했다. 프랑스 비평가들에게 네루다가 보여주는 칠레의 풍경은 낯선 것이고, 그런 만큼 신선한 느낌이었을 것이다. 이국적 장면을 통해 새롭고 낯선 감각을 제시할 수 있는 것 역시 이러한 이유 때문이다. 생각해보라. 여러분이 사막에서 발견된 유골이나 남태평양에 침몰한 군함의 이야기를 할 때, 혹은 북극의 얼어 죽은 늙은 썰매 개의 모습이나 히말라야 설산을 날아가는 새의 이야기를 할 때, 그것은 분명 일상을 보여줄 때와는 다른 감각으로 다가온다.

이국적 장면을 포착했을 때 감각적인 장면을 쉽게 제시할 수 있는 이유는 또 있다. 그것은 바로 좋은 글의 전제 조

상상력과 묘사가 필요한 당신에게

건이라고 할 수 있는 지배적인 정황과 미적 인식을 나타내기 쉽다는 점이다. 우리 주변의 일상적인 장면에서 지배적인 정황과 미적 인식을 포착하고 표현하는 것은 쉽지 않다. 너무나 익숙해서 지배적인 정황과 미적 인식이 될 만한 요소를 찾기가 쉽지 않다. 그렇다고 일상적인 장면에 지배적인 정황과 미적 인식이 결여되어 있다는 이야기는 아니다. 다만 우리가 일상을 상투성의 세계로 인식하여 진부한 감상성과 누구나 알 만한 주제 의식을 보여주는 경우가 많기 때문에 문제이다.

그러나 이국적 장면이 손쉽게 지배적인 정황과 미적 인식을 포착할 수 있다고 하여 손쉽다는 말을 가볍다는 의미로 받아들이지는 말자. 이국적 장면에서 지배적인 정황과 미적 장면을 포착하기에 수월성이 있다는 말이 곧 소재의 가벼움을 말하는 것은 아니다. 오히려 이국적인 장면은 일상적인 장면보다 특별하게 느껴지는 정황과 미적 인식을 보여주기도 한다. 우리가 떠올리는 이국적 장면은 일상을 벗어난 좀 더 특별한 공간과 사건인 경우가 많다. 그러한 특별함이 지배적인 정황과 미적 인식으로 전이될 가능성이 더욱 많다. 따라서 이국적 장면은 그것 자체로 우리에게 낯섦과 새로움으로 다가오는 것이다.

일상을 벗어난 장면 몇 개를 다시 떠올려보도록 하자. 콜로세움에서 함성이 울려 퍼지는 순간과 피의 혈투를 그리고 수천 년을 견뎌온 폼페이에서의 죽음과 그 깊이를 상상해보자. 이때 느껴지는 이국의 감각은 그것 자체로 우리에게 깊은 인상을 남긴다. 이러한 깊은 인상은 글에 생동감을 주고 우리의 미의식을 자극한다. 바로 이러한 지점으로부터 글의 상징적 의미와 은유의 세계가 만들어진다. 또한 이러한 소재는 사소해질 수 있는 일상적 글쓰기의 위험으로부터 벗어날 수 있도록 한다. 물론 거대 서사나 강렬함만이 능사가 아님도 분명하다. 그러나 자신의 글이 사소함에 매몰되어 글의 의미가 확장되지 않거나 상상력이 자신의 삶 주변만 맴돈다면 이국적 상상력을 동원하여 글을 써보도록 하자. 그렇다면 그동안 여러분이 가지고 있었던 고민으로부터 쉽게 벗어날 수 있을 것이다. 다음과 같은 이국적 장면을 가지고 글을 써보는 것은 어떨까?

① 사막의 유적지 한가운데에서 발굴된 유골
② 북극의 빙원에서 얼어 죽은 늙은 썰매 개
③ 대륙을 횡단하는 트러커와 타오르는 자작나무 숲
④ 적도 인근의 적란운과 해변에 밀려온 고래 떼의 죽음
⑤ 히말라야 산맥을 까마득히 날아가고 있는 새 한 마리

여러분은 이러한 이국적 장면을 어떻게 묘사를 할 것인가? 위에서 언급한 북극의 얼어 죽은 늙은 썰매 개를 살펴보도록 하자. 얼어 죽은 늙은 썰매 개에 대한 연민은 일단 접어두도록 하자. 그저 얼어 죽은 개의 모습을 바라보고 또 바라보자. 개는 눈동자를 부릅뜬 채 죽음에 이르렀을까? 바람이 죽은 개의 털의 결을 가르고 지나가고 있을까? 어둠을 완전히 몰아내지 못한 백야의 희미한 빛은 어떻게 지상을 장악하고 있을까? 여러분은

상상력과 묘사가 필요한 당신에게

썰매 개의 모습과 썰매 개를 둘러싼 풍경의 인상적인 부분을 포착하면 된다. 앞에서도 이야기했듯이 가슴으로 느끼거나 머리로 생각한 썰매 개에 대한 것들은 지워버리도록 하자. 이와 같이 묘사를 하면 이국적 장면이 주는 미적 인식은 어느새 여러분의 앞에 당도해 있을 것이다.

일상적 상상력과
묘사적 글쓰기

대부분의 사람들은 자신의 주변에서 일어나는 일상적인 사건과 대상, 경험 등을 주요 소재로 삼아 글을 쓴다. 주변의 일상을 소재로 글을 쓰는 것은 자신이 가장 잘 아는 이야기라는 점에서 매우 좋은 방법이기도 하다. 자신이 가장 잘 아는 이야기를 쓴다는 것은 글의 소재가 되는 것을 섬세하게 관찰할 수 있다는 말이며 동시에 다른 사람이 파악하지 못하는 것들까지 쓸 수 있다는 말이다. 또한 자신의 경험을 통해 호소력 있게 삶의 진정성을 전달할 수 있기도 하다.

하지만 우리 주변의 일상적인 소재로 글을 쓴다는 것은 생각보다 어렵다. 일상을 쓴다는 것은 자칫 상투성과 진부함이 될 가능성이 많다. 또한 자신의 경험이라는 것 역시 누구나 경험했을 것만 같은 감상적이거나 상식적인 수준의 사건인 경우가 많다. 곰곰이 생각해보면 우리 주변의 일상이라는 것은 아무것도 아닌 것이다. 일상 자체는 무의미하고 무가치한 삶의 순간이다. 일상의 무의미하고 무가치한 모습만을 제시하면 그것은 의미 없는 글로 전락할 뿐이다. 따라서 일상을 쓴다는 것은 일상의 무가치하고 무의미한 지점을 극복하는 것이 전제되어야 한다.

앙리 르페브르Henri Lefebvre가 이야기한 것처럼 일상은 아무 의미 없는 행동과 시간의 집합체이다. 현대인들의 일상적 삶은 매 순간 의미 있는 것들로 이루어져 있지 않다. 우리가 밥을 먹고, 학교나 회사에 가고, 친구를 만나고, 잠을 자는 모든 행위는 대부분 철학적 메시지를 담고 있지 않다. 우리는 특별한 무엇을 인지하지 못한 상태에서 먹고 마시고 만나고 잠을 자는 것뿐이다. 이것이 바로 일상의 실체이다.

그러나 글쓰기에서 이와 같은 일상의 무의미하고 무가치한 모습만 바라봐서는 안 된다. 글쓰기에서 일상을 다룰 때에는 일상 너머에 존재하는 것들을 바라보고 파악해야 한다. 글쓰기를 포함한 예술 작품에서 일상을 다루는 방식은 좀 더 특별해야 한다. 앞에서도 말한 것처럼 무의미하고 무가치한 것이 일상이기는 하지만 그 가운데에서 유의미한 지점을 포착하여 우리 앞에 펼쳐놓아야 한다. 일상이 특별한 의미를 환기하지 못한다면 그것은 더 이상 미석 가치를 지닐 수 없다.

여러분이 최근에 읽은 소설을 떠올려보도록 하자. 소설 속 이야기가 특별한 사건을 다루는 경우도 있지만 반대로 특별한 '사건'이 존재하지 않는 일상인 경우도 적지 않다. 이러한 소설이 드러내는 일상은 과연 여러분에게 어떤 의미로 다가오는가? 어떤 사람은 이런 일상에서 특별한 미적 인식을 느끼는 경우도 있지만 어떤 사람에게는 쓸모없는 이야기로 다가올지도 모른다. 그러나 분명한 점은 일상을 다룬 빼어난 작품들은 언제나 일상에서 의미 있는 지점을 포착하고 있다는 점이다.

홍상수 감독의 영화를 예로 들어 설명해보자. 홍상수 감독의 영화는 일상을 통해 미적 가치를 포착하고자 한다. 그런데 어떤 이들은 홍상수 감독의 영화에서 아무런 의미도 찾지 못한다. 그 이유는 홍상수 감독의 영화가 무가치하고 무의미한 일상을 다루고 있기 때문이다. 그러나 홍상수 감독의 영화는 일상을 치밀한 미적 장치 없이 화면에 늘어놓은 것이 아니다. 그의 영화는 오히려 일상을 의도적으로 제시함으로써 일상적 삶이 지니고 있는 비루함과 반복성을 보여주려고 한다. 그러한 영화의 기법과 의도는 상당히 철학적이기까지 하다. 그런 만큼 일상을 통해 무엇인가를 이야기한다는 것은 결코 쉬운 일이 아니다.

글쓰기 역시 마찬가지이다. 모든 글이 일상의 사소함을 다뤄야 하는 것은 아니지만 때로는 이처럼 아무것도 아닌 일상을 통해 삶의 실체를 파헤칠 필요가 있기도 하다. 우리가 글을 쓸 때 혹시 지나치게 커다란 '사건'이나 특별한 '이야기'에만 집착하지 않는지 반성할 필요가 있다. 특별한 '사건'이나 '이야기'도 글의 좋은 소재가 되지만 반대로 아무것도 아닌 것을 쓸 때 좋은 글이 나올 수 있다. 오히려 현대적 글쓰기는 '사건'보다 일상을 포착할 때 감동을 줄 수 있음을 명심해야 한다.

일상의 아주 사소하고 작은 '사건'들을 포착해보도록 하자. 사소함은 오히려 상징을 갖춤으로써 울림이 있는 주제를 드러낼 수 있을 것이다. 그리고 작은 사건은 글의 구체성을 확보해

구체적 정황으로서의 글쓰기를 가능하게 할 것이다. 어쩌면 일상
을 소재로 한 글을 쓸 때 구체적인 글쓰기가 쉽게 다가올지도 모
른다. 일상 자체가 사소하고 작은 것들로 이루어져 있기 때문이다.
　　　　　다만 일상을 포착하여 의미 있는 글을 쓴다는 것이
말처럼 쉬운 것만은 아니다. 무의미하고 무가치한 일상에서 의미
를 포착하여 상징적인 글로 만들려면 미적 세계에 대한 이해와
함께 예술의 상징 구조를 이해할 수 있어야 한다. 아무것도 아닌
지점으로부터 그 무엇을 찾아내야 하는데 우리 주변에 널려 있
는 사물이나 사건 속에서 상징화된 세계를 포착하고 그것을 예술
작품으로 만드는 것은 일정한 훈련을 해야만 한다. 그러나 그것
을 지나치게 어렵게 생각할 필요는 없다. 예술 영화의 문법을 이
해하는 사람이라면 일상의 의미와 상징을 파악하여 글을 쓰는 데
아무런 어려움이 없을 것이다.

체험적 국면과
묘사적 글쓰기

　　　　　이번에는 피했으면 하는 묘사적 글쓰기에 대한 이
야기를 하고자 한다. 글을 쓰고자 할 때 많은 사람들이 자신의 경
험을 떠올리고 그것을 소재로 삼는다. 당연히 자신의 경험을 소
재로 글을 쓰는 것은 자연스러운 것이며 좋은 글을 쓰게 될 개연
성도 많은 편이다. 경험으로부터 나온 글은 글쓴이가 가장 잘 알

고 있는 내용이므로 문장과 감정 모두 글쓴이의 결을 잘 표현할 수 있다. 하지만 글쓴이의 경험을 소재로 글을 쓰는 것이 언제나 장점만 드러나는 것은 아니다. 오히려 진부한 표현이 되거나 상투적인 감정이 드러나는 경우가 많다. 특히 글감이 되는 소재 자체가 누구나 떠올릴 법한 낡은 것일 가능성도 높다.

체험적 국면을 '감동적인 사건'이 전달하는 감상적이고 낡은 정서로 오해한다는 점 역시 문제이다. '감동적인 사건'은 좋은 글감이지만 그것이 상투적인 감상에 머물 때 문제가 된다. 대부분의 사람들이 쉽게 떠올리는 '감동적인 사건'은 진부한 감상에 머물러 있는 이야기이거나 더 이상 새롭지 않을 가능성이 높다. 그런데도 많은 사람들이 낡고 감상적인 것을 '감동적인 사건'으로 오해한다.

자신이 경험한 사건을 감동적인 것으로 착각하는 이유는 자신이 직접 경험한 것이라서 강한 정서적 친밀감을 느끼기 때문이다. 자신의 경험이어서 사건을 객관적으로 바라볼 수 없을 뿐만 아니라 직접 경험한 사적 체험이라는 감정이 더 강렬하게 다가오는 것이다. 쉽게 이야기하자면 자신의 사랑이 더 특별해 보이는 심리와 비슷한 것이라고 할 수 있다. 직접 경험한 사랑의 감정은 당사자에게는 무척이나 절실하고 감동적이며 마음 아픈 것일 수밖에 없다. 하지만 다른 사람에게 동일한 감정을 전달하기는 어렵다. 물론 다른 사람들도 사랑의 감정을 이해하고 공감하지만 개인적인 감정에 대해 동의를 얻는 것과 글을 통해 감동을 주는 것은 다른 문제이다.

이외에도 글쓴이가 직접 체험한 글감이 실패하기

쉬운 이유는 여러 가지가 있는데 그중에서 과거라는 시간을 진부한 옛날이야기로만 착각한다는 점이다. 체험적 국면은 당연히 과거의 이야기를 가져오므로 과거 이야기 자체가 문제가 될 것은 없다. 다만 문제는 과거의 이야기가 지나치게 낡은 정서를 불러일으킬 수 있다는 점이다. 과거에서 가져온 오래된 사건이나 사물이나 정황을 다룬다고 하더라도 그것이 진부하고 낡은 느낌을 주어서는 안 된다. 과거를 회고하는 것은 좋지만 진부한 감각만 전달하면 곤란하다.

체험적 국면을 소재로 한 글은 대체적으로 회고적 관점에서 쓰게 마련이다. 하지만 과거를 회고한다는 것이 단순하게 옛날이야기를 들려주는 것이 아니라는 점을 알아야 한다. 과거에 대한 글을 체험적 국면으로 쓴다는 것은 과거를 통해 현재의 우리가 감각하는 것이 있어야 한다는 것을 의미한다. 어떤 사람들은 자신이 경험하지도 않은 과거의 이야기를 가지고 와서 그럴듯한 감동으로 포장하려고 한다. 그리고 추억을 감상적으로 소환하는 것을 감동적인 것으로 착각하는 경우도 있다. 때로는 오래된 물건이나 특별할 것 없는 이야기를 자신의 감정에 취하여 진부하게 전달하기도 한다. 이와 같은 체험적 국면은 모두 피해야 하는 것들이다. 과거의 이야기를 하는 것은 좋지만 그것이 낡은 감수성만을 제시하지 않는지 언제나 조심해야 한다.

백일장 등에서 수상한 글을 떠올려보도록 하자. 백일장 수상작 중에는 가족의 죽음이나 인생의 역경 등과 같은 이야기가 많다. 아니면 일상의 체험을 통해 (상투적인) 삶의 의미와 교훈을 전달하고자 하는 글 역시 많다. 일정 수준 이상의 솜씨로 풀어낸 이러한 글은 분명 어느 정도의 감동을 준다. 문장 자체에 큰 문제도 없기 때문에 비교적 매끄럽게 읽을 수도 있다. 하지만 그것은 못 쓴 글이 아닐 뿐이지 결코 잘 쓴 글이라고 할 수 없다. 글에 대한 어느 정도의 감식안이 있는 사람이라면 결코 잘 쓴 글이라고 할 수 없다는 것을 금방 눈치챌 수 있다.

　　　백일장 수상작 중에는 정말 뛰어난 글도 있지만 적지 않은 글이 이와 같은 단점을 지니고 있다. 그런데 왜 이런 글이 상을 받는 것일까? 그 이유는 그만큼 수준 높은 작품이 많지 않기 때문이다. 적당한 수준으로 나쁘지 않은 문장력과 구조 그리고 적당한 수준의 감동을 지닌 글을 쓴다는 것조차 그리 쉬운 일이 아니다. 여러분이 이 책을 읽는 이유는 적당한 수준의 글을 쓰기 위해서가 아니다. 적당히 괜찮은 글이 나쁜 글은 아니지만 그렇다고 빼어난 글이라고도 할 수 없다. 평균적인 감수성과 문장력과 상상력을 넘어서려고 조금 더 노력을 기울일 때 매혹적인 글을 쓸 수 있을 것이다.

원형적 상상력과
묘사적 글쓰기

　　　원형적 상상력은 인간 개인의 삶이나 사회의 이야기를 넘어서서 인간의 삶과 세계를 초월하는 것으로부터 나타난다. 그렇다고 인간의 삶이나 사회의 이야기가 전혀 나오지 않는 것은 아니다. 인간의 삶과 세계로부터 비롯된 이야기라고 할지라도 글에 담겨 있는 세계관과 소재 등이 우리의 현실 너머의 한층 본질적인 세계를 지향한다면 그것이 바로 원형적인 세계이다. 앞에서 설명한 신화나 우주 등에 관한 글쓰기가 원형적 상상력과 연관을 맺는 글쓰기 방식이다. 원형적 상상력의 소재는 신화나 우주뿐만이 아니다. 원형적 상상력은 인간의 삶과 세계를 넘어서는 모든 것들을 포함한다.

　　　여러분은 땅, 바다, 하늘, 우주 등에서 무엇을 떠올리는가? 땅, 바다, 하늘, 우주가 우리에게 전달하는 감각은 운동회가 열리는 운동장이나 피서철의 바닷가를 통해 느끼는 것과 다르다. 운동회나 피서 철의 바닷가는 인간의 삶과 세계가 깊숙이 개입되어 인간의 삶과 세계 너머의 본질적인 지점을 드러내지 않는다. 하지만 인간의 삶 이전부터 존재해온 땅, 바다, 하늘, 우주는 인간의 삶과 세계 너머의 좀 더 확장된 세계를 재현한다.

　　　숲에 대한 글을 쓴다고 가정해보도록 하자. 지극히 현실적인 숲에 대한 이야기에서 우리의 현실 너머에 존재할 것만 같은 숲의 원형을 포착하기는 쉽지 않다. 하지만 숲의 고요와 어둠과 서늘함 등을 원형적 상징으로 다룬다면 완전히 다른 느낌을 줄 수 있다. 수목원에 소풍을 가서 즐거움을 누린 이야기가 아니라 숲의 고요와 어둠이 품고 있는 본질적인 사유와 성찰이 담긴 글일 때 원형성이 드러난다.

　　　원형적 상상력은 이국적 상상력과도 일부 공통된 감각을 가지고 있기도 하다. 이를테면 히말라야 설산에 대한 이야기는 그 자체로 원형적 상징의 세계를 지니고 있다. 히말라야

　　　　　　　　상상력과 묘사가 필요한 당신에게

설산의 눈보라와 추위를 떠올려보도록 하자. 그곳에서 무엇이 떠오르는가? 히말라야 설산은 현실에 존재하는 곳이지만 인간 세계의 현실적인 느낌이 아니라 한층 확대된 세계라는 느낌을 준다. 바다의 이야기도 좋고 우주의 이야기도 좋다. 이런 곳에 대한 이야기는 인간의 삶이 개입되더라도 인간 세계의 이야기로 느껴지지 않는다. 히말라야를 등반하는 이야기를 다룬 영화나 소설은 인간의 삶과 자연을 다룬 것이지만 일상에서 마주치는 삶과는 다른 느낌이다. 이처럼 원형적 세계를 다루는 것은 그것 자체로 글이 사소해지는 것을 막을 수 있다.

PC방에서 게임을 한 이야기가 아니라 게임 속에 등장하는 숲과 바다의 모험을 써보자는 것이다. 똑같이 게임을 소재로 한 글이지만 이때의 글은 완전히 다른 느낌을 자아낸다. PC방에서 게임을 한 이야기가 일상적 감각을 전달한다면 게임 속 모험은 삶의 본질과 세계에 대한 해석이 된다. 앞에서 이야기한 〈스타워즈〉 역시 마찬가지이다. 〈스타워즈〉를 그냥 갈등 국면의 이야기로 파악하면 SF 영화에 지나지 않지만 그 속에 등장한 원형적(우주라는 미지, 삶과 세계의 애초, 아버지와 대결하는 아들, 가면 속에 감춰진 주체)인 것들을 포착하면 〈스타워즈〉를 통해 인류가 고민해야 하는 삶과 세계의 본질을 드러낼 수 있다.

원형적 상상력이라는 것은 이국적 상상력이나 신화적 상상력 혹은 설화적 상상력이나 자연 이미지 등 여러 곳에서 다양한 방법으로 표현할 수 있다. 따라서 원형적 상상력은 특정한 하나의 상상력 훈련이라기보다는 세계를 바라보는 태도와 시선의 문제라고 할 수 있다. 사사로운 장면도 글의 좋은 소재이지만 우리 주변에 펼쳐진 세계 너머의 본질을 파악할 수 있어야 한다. 원형적 상징을 잘 포착하는 사람은 아무리 사소한 소재라고 하더라도 그 안에서 중량감 있는 주제 의식을 잘 포착해낸다. 그럼으로써 그 글은 의미 있는 상징과 사유를 통해 깊이를 확보할 수 있다.

신화적 상상력과
묘사적 글쓰기

신화는 단순히 신들이 등장하는 이야기라는 의미만을 지니지 않는다. 신화는 현실 너머에 존재하는 이야기를 통해 우리 삶과 세계의 근본적인 문제를 언급하고자 한다. 신화는 인간의 삶과 가장 멀리 있는 세계를 바라보고 인간의 삶이 도달하고자 하는 본질적인 원형의 세계를 파악하게 한다. 신화의 공간과 이야기. 그것은 우리의 삶과 먼 곳에서 일상의 이야기로는 전달할 수 없는 것들을 말하려 한다.

또한 신화적 상상력으로 글을 쓰면 글의 외연이 확장되는 효과를 얻을 수 있다. 앞에서도 말했듯이 일상적인 소재가 나쁜 것은 아니지만 그것은 때로 사소함에 빠질 위험이 있다. 만약 자신이 쓴 글이 사소하게 느껴진다면 글의 외연을 확장하는 방법을 찾을 필요가 있다. 글의 외연을 넓힌다는 것은 웅장한 스케일이나 중량감 있는 세계를 제시하여 본질과 원형으로서의 세계에 도달하는 것을 의미한다.

상상력과 묘사가 필요한 당신에게

신화적 상상력으로 묘사적 글쓰기를 하는 것 역시 신화의 줄거리를 쓰는 것이 아니다. 영화나 동화 등과 마찬가지로 신화를 근간으로 새로운 장면과 이야기를 만들어야 한다. 기존 신화를 모티프로 새로운 상징을 제시해야 한다. 다만 우리에게 잘 알려지지 않은 신화의 경우에는 신화 자체의 이야기를 적극적으로 이용하여 글을 구성해도 무방하다. 그 이유는 알려지지 않은 신화는 그 자체로 상징적인 장면이 될 수 있기 때문이다.

　　　알려진 신화와 알려지지 않은 신화 모두 신화적 상상력으로 묘사 쓰기의 대상이 될 수 있다. 다만 신화를 차용하여 글을 쓸 때에는 잘 알려진 신화보다는 잘 알려지지 않은 신화나 제3세계의 신화를 쓰는 것이 더욱 효과적이다. 잘 알려진 신화의 경우는 상투적인 느낌을 주어 패러디의 효과가 떨어진다. 하지만 제3세계의 신화처럼 알려지지 않은 신화를 이용하면 신화 자체를 변주하지 않아도 상징을 충분히 보여줄 수 있어 효과적일 수 있다. 또한 알려지지 않은 신화는 신화라는 낯선 미지의 감각이 극대화되기 때문에 신비로운 감각이 더욱 돋보인다.

　　　신화는 인간의 삶을 떠올릴 수 있다는 점에서 그 자체로 이미 일정한 상징을 지니고 있다. 널리 알려진 신화가 아니라면 신화 자체만으로도 매혹적인 글감이 될 수 있다. 다만 알려지지 않은 신화라고 하더라고 변주의 과정을 전혀 거치지 않고 있는 그대로의 줄거리를 요약하면 안 된다. 신화의 전체적인 이야기를 가져오는 것은 좋지만 이 경우에도 상징 장치를 배치하지 않으면 곤란하다. 하지만 널리 알려진 신화의 경우에는 신화 자체가 가지고 있는 상징과 외연에도 불구하고 누구나 알고 있는 이야기라는 점에서 새로움을 주기 힘들다. 널리 알려진 이야기의 경우 상징마저 예측 가능하기 때문이다.

우주적 상상력과
묘사적 글쓰기

　　우주라는 소재는 원형적 상상력이나 신화적 상상력으로 글을 쓸 때처럼 글의 외연이 상당히 크다. 우주가 인간의 삶과 일정한 거리를 둔 것처럼 그것은 신비와 경이를 품고 있는 공간으로 우리에게 다가온다. 그곳에 인간의 삶은 존재하지 않기 때문에 우주에 대한 이야기는 그 어떤 신비로운 매혹을 지니고 있기도 하다. 또한 우주에 대한 이야기는 여러 애니메이션이나 영화 등에서 다룬 것처럼 상상력이 극대화된 장면을 보여줄 수도 있다. 이러한 상상력으로 기존의 감각과 차별화된 장면을 제시할 수도 있다.

　　우주라는 소재가 특별한 이유는 더 있다. 우주는 우리의 상상을 초월하는 공간이므로 우주를 배경으로는 어떤 상상이든 가능하다는 점이다. 서경적 묘사보다 심상적 묘사의 상상력이 더 자유로울 수 있는 것과 같은 원리이다. 서경적 묘사는 아무래도 사실적인 이미지로 이루어져 있기 때문에 극한의 상상력이 나오는 데 한계가 있다. 그러나 심상적 묘사는 마음으로 바라보는 환상적이고 비현실적인 이미지이기 때문에 상상력의 진폭이 훨씬 넓다. 그런 만큼 심상적 묘사는 아주 특별한 환상을 쓸 경우에도 설득력을 잃어버릴 가능성이 적다.

우주적 상상력으로 글을 쓸 때 나올 수 있는 이야기의 종류는 무척 다양하다. 우주선이 출발하는 순간과 지상의 모습을 가지고 쓸 수도 있으며 우주 비행을 하는 우주인의 모습을 쓸 수도 있다. 그리고 우주 식민지를 건설하는 인조인간에 대한 이야기나 폭발한 별의 운명에 대한 이야기도 가능하다. 혹은 애니메이션 〈은하철도 999〉나 영화 〈블레이드 러너〉, 〈인터스텔라〉 등을 모티프로 한 이야기도 가능하다.

여러분에게 우주는 과연 어떤 소재인가? 혹시 우주를 바라보는 시선에 진부함은 없는지 고민해볼 필요가 있다. 우주에 대한 이야기가 진부해지는 것은 우주를 인간 중심적인 관점으로만 파악하기 때문이다. 우주를 바라보는 자의 시선이 언제나 지상에 머물러 있다거나 우주에 대한 상상력이 기존의 과학 상식이나 몇몇 영화 등에서 보여준 장면으로 제한되는 경우가 많다. 하늘의 별을 바라보는 시선이 지상에서 밤하늘을 보는 자의 감수성에 머물 때 우주에 대한 상상력은 재미없을 수밖에 없다. 그것은 결국 우주에 대한 자유로운 상상이 아니라 지상에서 생각하는 상투적인 밤하늘에 불과한 것이다. 이러한 밤하늘을 가지고 글을 쓰면 당연히 진부해질 수밖에 없다.

여러분이 우주인이 되어 우주 공간에서 국경선이 사라진 지구의 대륙을 바라보도록 하자. 혹은 우주선이 솟아오를 때 보이는 지상과 사람과 구름과 꽃에 대한 이미지를 묘사해보도록 하자. 이외에도 블랙홀에 유폐된 우주인이나 스윙바이

비행법으로 목성에 도착한 우주선 갈릴레이호가 목성의 지표면
으로 사라지며 충돌하는 장면을 그려보는 것도 좋을 것이다. 혹
은 먼 우주에서 반란을 일으킨 우주선의 사건을 통해 돌아갈 수
없는 세계와 유폐되어버린 내면의 고통을 제시할 수도 있다. 그
어떤 우주라도 좋다. 우주라는 신비를 여러분의 글에 담아보기
를 바란다.

종교적 상상력과
묘사적 글쓰기

종교적인 분위기나 종교 용어 등을 이용하여 신성
한 분위기를 드러내거나 비판적 어조의 글을 쓸 수도 있다. 종교
적 상상력으로 글을 쓴다는 것은 종교 자체에 대해 이야기하는
것이 아니다. 종교적인 분위기나 상징 등을 이용하여 새로운 글
을 쓴다는 이야기를 의미하는 것이지 종교 자체에 대한 생각이나
주장을 쓰는 것이 아니다. 종교에 대해 자신의 생각을 밝히는 글
과 종교적 상상력을 동원하여 쓴 글은 분명히 다른 것이다.

종교적 상상력을 동원하여 쓰는 글에 종교에 대한
판단이나 신에 대한 찬양 등을 직접 토로하면 곤란하다. 종교적
인 상상력은 종교적인 분위기를 통해 세계를 재해석하거나 종교
에 대한 이야기를 반어와 역설로 이용하여 비판적 어조로 세계를
바라보는 것이다. 따라서 종교적 상상력을 동원하는 것은 크게

두 가지 측면에서 접근할 수 있다.

첫 번째로는 종교의 신성함과 경건함을 가지고 와서 그와 유사한 분위기를 만드는 경우이다. 이런 경우 종교의 긍정적 측면을 부각하기는 하지만 종교 자체에 대한 직접적인 찬양 등의 양상으로 나타나면 안 된다. 우리가 이용하는 것은 종교적인 분위기의 신성함과 경건함과 그것을 통한 상징이지 종교 자체에 대한 이야기가 아니다.

두 번째는 종교를 비틀어 반어와 역설의 어조로 드러내는 방법이다. 이때 종교는 반어와 역설이 지니는 특성으로 인하여 조롱, 야유, 비판 등의 어조로 나타난다. 하지만 이러한 어조는 당연히 종교 자체에 대한 비판이 아니다. 종교라는 신성한 세계를 반어와 역설의 어법으로 말한다는 것은 우리가 살고 있는 세계의 비극적 양상을 비판하는 것이다. 종교의 세계를 무너뜨림으로써 현대사회가 지니고 있는 폭력적 비극의 양상을 재현하려는 것이다.

현대사회로 접어들면서 반어와 역설이라는 수사법이 더욱 강조되었다. 그것은 우리가 살고 있는 현대 문명사회의 비극적 속성과 연결되어 있다. 현대사회의 비극적 속성을 비판하기 위한 수사법으로 반어와 역설이 적합하기 때문이다. 반어와 역설은 반대로 이야기하거나 모순되게 표현함으로써 비판적 인식을 드러낸다. 따라서 비극적인 양상을 밑바탕에 깔고 있는 현대사회를 이야기하기에 반어와 역설의 방법은 효과적일 수밖에 없다. 성스러운 종교를 그 반대의 어법으로 말하는 것은 이와 같은 반어와 역설의 효과를 극대화한다.

특히 시나 소설과 같은 문학작품은 반어와 역설로 종교적 상상력을 이용하는 것이 매우 효과적이다. 시와 소설은 세계에 대한 비판적 인식이 근간을 이루는 경우가 많고 이때 반어와 역설이 힘을 발휘할 수 있기 때문이다. 다만 수필 등과 같은 사실적 글쓰기에는 반어와 역설의 어조를 효과적으로 드러내는 것이 쉽지 않으므로 주의를 기울여야 한다. 이런 경우 자칫 글쓴이의 의도가 왜곡되거나 제대로 전달되지 않을 가능성이 크다.

그리고 종교적 상상력으로 세계를 비판할 때 반어와 역설이 아니라 종교의 순기능을 통해 세계에 대한 비판을 직설적으로 주장하는 것도 오히려 글의 매력을 반감시킬 수 있음을 알아야 한다. 너무 직설적이고 단선적인 종교에 대한 찬양 일색의 글이 되기 때문이다. 종교적인 신성이 지니고 있는 세계를 긍정적으로 제시하는 수준을 넘어 종교 자체에 대한 경외가 과도하게 드러나는 글은 불편함을 줄 수 있다.

이런 여러 가지 이유로 상징적이고 우회적인 글을 쓰고자 하는 사람이라면 특히 종교적 상상력과 종교에 대한 이야기를 구분해야 한다. 그리고 긍정 화법과 부정 화법에 대한 충분한 이해도 있어야 한다. 아무리 자신이 믿는 종교가 있더라도 특정 종교의 교리를 있는 그대로 재현한 글은 재미와 감동이 반감되게 마련이다. 종교적 상상력을 제대로 사용할 줄 안다면 긍정적 세계에 대한 이야기를 매력적인 방법으로 표현할 수 있으며 세계에 대한 비판 역시 반어와 역설의 힘을 통해 더욱 강렬하게 표현할 수 있다.

섹슈얼리티와 몸의 상상력으로
묘사적 글쓰기

　　섹슈얼리티는 성행위와 관련한 인간의 성적 욕망과 행위 그리고 성과 관련된 사회제도와 규범 등을 통해 재현될 수 있다. 따라서 섹슈얼리티를 통해 글을 쓴다는 것은 단순하게 성과 성행위를 보여주는 것이 아니다. 섹슈얼리티를 드러낸다는 것은 곧 인간의 욕망을 드러내는 것이며 우리 사회의 억압과 욕망, 모순 등을 제시하고 비판하는 것이다. 그렇기 때문에 섹슈얼리티는 상징과 비유를 통해 글쓴이의 의도를 우회적으로 제시한다. 우회적인 화법으로서의 섹슈얼리티라는 소재를 제대로 이해하고 쓴다면 상징과 비유가 잘 표현된 글을 쓸 수 있다.

　　섹슈얼리티를 상징과 비유로 사용하려면 글의 대상이 되는 것들을 우회적으로 바라보는 능력이 있어야 한다. 삶과 세계에 숨겨진 것을 파악하고 의미를 부여할 수 있는 인문적 해석을 할 수 있어야 한다. 성적인 것을 그 이상도 이하도 아닌 것으로 파악하는 사람의 글과 그것으로부터 숨겨진 사유를 포착하는 사람의 글은 같은 깊이와 수준일 수 없다.

　　예를 들어 두 사람을 통해 섹슈얼리티를 드러낸다고 할 때 이것을 단선적으로만 파악한다면 성적 행위나 두 사람의 사적인 교감 정도에 그치고 말 것이다. 하지만 두 사람 사이의 관계를 상징과 비유의 관점에서 파악하고 표현한다면 그것은 '존재의 관계, 공적 교감, 소통' 등 좀 더 본질적이고 확대된 주제를 제시할 수 있다. 섹슈얼리티가 겉으로 드러난 기표라는 점을 잊지 말자. 섹슈얼리티는 표면의 이야기일 뿐이다. 그 안에 무엇을 어떻게 숨겨놓아야 할지 늘 고민해야 한다. 전화기가 '전화기'라는 사물의 지위를 넘어 '소통'을 상징하는 장치로 기능하는 것처럼 섹슈얼리티 역시 그것 너머의 상징과 비유를 찾아 제시할 수 있어야 한다.

이러한 점은 몸의 상상력으로 글을 쓸 때에도 마찬가지이다. 몸의 상상력 역시 몸 자체를 표현하기보다 그것이 상징하고 비유하는 것을 드러낼 수 있어야 한다. 그런데 언뜻 몸의 상상력과 섹슈얼리티를 동일한 것으로 착각하는 경우가 많다. 하지만 몸의 상상력이 섹슈얼리티만을 의미하는 것은 아니다. 물론 섹슈얼리티는 몸의 상상력의 일부에 포함되기는 하지만 몸의 상상력은 섹슈얼리티뿐만이 아니라 더욱 확대된 지점을 제시하는 경우가 많다. 몸의 상상력은 섹슈얼리티를 포함한 몸을 통한 상상력 모두를 지칭한다. 몸의 상상력으로 글을 쓴다는 것은 섹슈얼리티와 관련이 없는 신체 기관을 매개로 하기도 하고, 몸과 연관을 맺고 있는 다른 상황을 보여줄 수도 있다.

「사진과 그림의 미적 순간과 묘사적 글쓰기: 낸 골딘」편을 다시 보도록 하자. 여성의 몸을 휘감고 심장을 움켜쥐는 장미와 장미의 가지로 배어 나오는 피⋯⋯. 이때 두근거리는 심장의 심박은 여성의 불안과 공허를 느끼게 한다. 여기에서 심장은 신체 기관으로서의 의미만을 제시하지 않는다. 낸 골딘의 사진을 통해 상상한 심장은 한층 확장된 의미를 드러내며 '몸'의 지위를 넘어 '불안'과 '공허'등의 본질적인 의미를 나타낸다.

손이나 다리 등과 같은 신체 기관도 마찬가지이다.

단순한 손이나 다리가 아니라 상징과 비유로 제시된 손과 다리는 다른 의미를 지닌다. 신체 기관인 손이 아니라 서로 맞잡은 손일 때 그것은 '관계'를 나타내기도 하고, '허방을 딛고 서 있는 다리'는 허공에 떠 있는 상황이 아니라 '부유하는 삶'을 의미하기도 한다. 이처럼 섹슈얼리티와 몸의 상상력은 다채로운 지점으로 확대되며 매혹적인 상징과 비유를 우리 앞에 펼쳐놓는다.

성장기의 화자와
묘사적 글쓰기

이번에는 성장기의 화자로 글을 써보도록 하자. 다만 글쓴이 자신의 이야기를 회고적 시점으로 떠올리면서 쓰지 말고 제삼자의 관찰자 입장으로 써보도록 하자. 회고적 시점으로 글을 쓰면 단순한 체험적 국면의 글, 자신의 과거를 떠올리는 평범한 글이 될 가능성이 많다. 성장기의 화자를 이용하여 새로운 상상력을 떠올리려면 글쓴이 자신의 경험을 사실적으로 쓰기보다 다른 방식으로 접근하는 것이 좋다. 그렇게 함으로써 체험적 국면의 글에 나타나기 쉬운 단점을 극복할 수 있다.

그리고 성장기 화자를 이용하여 글을 쓸 때 성장기 자체를 글의 목적으로 삼지 말고 상징 장치로 이용하도록 하자. 그러면 성장기의 이야기는 상징이 되어 독창적인 감각을 불러일으킨다. 이를테면 성장기의 불안과 초조를 제시한 글을 쓸 때 성장기에 머문 글이 되지 않도록 하면 인간의 삶에 보편적으로 있는 불안과 초조를 보여줄 수 있다. 또한 성장기의 화자를 성인인 글쓴이가 바라보는 방식이 아닌 성장기의 인물이 자신의 이야기를 하는 현재화된 관점으로 쓰면 성장기에 나타나기 쉬운 진부함을 극복할 수 있다.

아울러 환상이나 비현실적인 이야기를 하면 독창적인 글이 된다. 사실적으로 쓰는 것이 나쁘지는 않지만 사실적인 이야기가 자칫 진부한 체험을 불러올 수 있다. 성장기라는 과거의 이야기를 사실적인 관점으로 쓰면 그것이 1인칭이든 3인칭이든 성장기라는 소재가 특별하게 작동할 가능성이 적다. 그저 성장기 화자가 경험한 이야기 정도에 머물게 되기 때문이다. 하지만 성장기의 화자를 객관적으로 바라보며 환상이나 비현실을 개입시키면 전혀 다른 느낌을 제시할 수 있다.

환상이나 비현실적인 세계 속에 등장하는 성장기의 화자는 단순한 과거 체험이 아니라 특별한 장면을 연출하여 개성적인 상징을 제시하게 된다. 이를테면 자신이 시골에서 농사짓던 이야기를 체험적 관점에서 이야기할 때는 평범한 옛날이야기에 머물지만 '앨리스'를 중심으로 '이상한 나라'의 이야기를 하면 단순한 성장기의 이야기를 넘어서는 상징을 확보할 수 있다. 그리고 「이상한 나라의 앨리스」와 같이 완전한 환상은 아니더라도 현실을 벗어난 자신의 이야기를 해보는 것도 도움이 된다.

이번에는 성장기 화자와 관련하여 화자와 작가의 위치에 대해 이야기해보도록 하자. 성장기의 화자를 쓸 때 1인칭

인지 3인칭인지는 중요하지 않다. 두 가지 방법 모두 각각의 장점이 있으므로 그것은 문제될 것이 없다. 과거를 회고하는 성장기의 화자를 작가가 어떻게 바라보느냐가 중요하다. 1인칭이든 3인칭이든 글쓴이가 글의 화자를 화자의 외부에서 객관적으로 관찰하는 것이 중요하다. 그럼으로써 화자가 회고하는 사건은 객관적이 되는데 이러한 객관성은 자기 체험을 쓸 때 흔히 나타나기 쉬운 감상성이나 상투성을 극복할 수 있도록 한다. 이렇게 객관적인 시선으로 바라보았을 때 성장기 화자를 둘러싼 이야기는 비로소 상징적인 '사건'이 될 수 있다.

1인칭이든 3인칭이든 작가는 화자의 외부에서 글의 내부에 존재하는 화자를 관찰한다고 생각하고 글을 써보자. 작가는 화자 자신이 아니라 화자와 분리되어 존재한다고 생각하면 된다. 특히 1인칭 화자인 경우 많은 사람들이 '나' 자신과 작가를 지나치게 동일시한다. 1인칭 시점이 기본적으로 '나'와 작가가 동일한 것이지만 화자인 '나'와 작가가 심정적으로 지나치게 하나가 되면 감정의 통제가 어렵다. 그리고 이렇게 감정이 극대화된 1인칭 화자의 글은 감상적인 인식을 보여줄 가능성이 많기도 하다. 1인칭 화자의 경우에도 작가는 글의 화자인 '나'의 밖에서 '나'를 객관적으로 바라볼 수 있어야 한다. 마치 유체이탈한 사람처럼 작가가 화자의 밖에서 자기 자신인 화자를 바라보면 된다.

0.

당신의 글쓰기를
위하여

당신의
글쓰기를 위하여

바슐라르Bachelard는 아름다운 나무가 아니라 불타는 나무일 때 의미 있는 자연일 수 있다고 말했다. 우리는 바슐라르의 이 말을 곰곰이 생각해볼 필요가 있다. 왜 불타는 나무인가? 왜 아름답지 않은 모습일 때, 비극적 모습일 때 의미가 있다는 것일까? 이 말에서 우리는 아름다움의 본질이 무엇인지 생각해볼 필요가 있다. 그리고 글을 쓸 때 역시 어떤 모습의 세상을 그려야 하는지에 대한 고민도 해야 한다. 바슐라르는 겉으로 드러난 표피적인 아름다움이 아닌 우리의 미의식과 사유에 와닿는 진짜 아름다움을 이야기한 것이다.

글이란 우리가 살고 있는 세계를 재현하는 것이며 그런 세계 속에 살고 있는 우리의 삶을 보여주는 것이다. 그런데 우리가 살고 있는 삶과 세계는 과연 어떤 모습일까? 그것은 아름다움인가? 아니면 아름답지 않은 비극인가? 우리가 살고 있는 현대의 삶과 세계는 비극적인 것이며 그런 세계 속에서 우리가 쓰는 글은 당연히 비극적인 세계를 다루는 경우가 많을 수밖에 없다. 그것은 자연물일 때에도 예외는 아니다. 우리가 무심히 표현하는 아름다운 자연의 모습은 진짜가 아닐 수 있다. 이때 드러나는 자연의 아름다움은 그저 겉으로 나타난 표면이지 자연이 담고 있는 진짜 모습이 아니다.

우리가 살고 있는 현대 문명사회는 애초에 비극적인 세계일 수밖에 없다. 현대라는 시간과 공간 속에서 우리의 삶은 결코 행복하지 않다. 기계문명 이후에 인간은 소외된 존재로 전락했으며 욕망으로 가득한 현대라는 세계는 비참함과 참혹함이 지배하는 곳이 되어버렸다. 우리가 살고 있는 세계는 이처럼 비극으로 가득한, 아니 비극 그 자체라고 해도 과언이 아닌 곳이다. 당연히 우리의 삶 역시 이러한 비극에서 출발하여 비극으로 마감하게 된다. 이러한 삶과 세계 속에서 글은 과연 어떠한 삶과 세계를 다뤄야 하는가?

글이란 어떤 방식으로든 우리의 삶과 세계와 연관을 맺을 수밖에 없다. 따라서 우리가 쓰는 글의 기본적인 정서는 비극을 근간으로 할 수밖에 없는 것이기도 하다. 물론 비극 이외의 세계가 존재하지 않는 것은 아니지만 비극적 세계야말로 삶과 세계의 실체에 가장 가까운 것이다. 현대 예술이 난해하고 요즘의 문학작품이 어려운 것은 그런 이유 때문이다. 비극적인 삶과 세계 속에서 예술과 문학은 어떤 세계를 보여주어야 하는가?

비극적인 현대 세계 속에서 예술과 문학은 비극적인 것을 바라보고 제시할 수밖에 없다. 우리가 쓰고자 하는 글 역시 비극적인 삶과 세계를 표현할 때 진실에 가장 가까이 다가설 수 있는 것이다. 무조건 아름답고 예쁘고 멋있게 표현하는 글쓰기는 껍데기에 불과할 뿐이다. 생각해보면 우리가 그동안 읽어온 시와 소설과 산문 등 대부분의 글이 비극적인 세계였음을 알 수 있다. 우리가 서정적이고 아름다운 이야기로 착각하기 쉬운 시와 수필도 실상은 비극적인 세계를 다룬 경우가 대부분이다. 그러한 글에 감동을 받고 그것을 아름다운 것으로 착각하고 오해했을 뿐이다. 지금까지와는 다른 글을 쓰고자 한다면 긍정의 세계보다 비극적인 세계에 관심을 기울여야 한다.

또한 현대 세계 속에서 예술과 문학은 상투적인 감동에 기대기보다 충격을 보여줄 때가 많다. 현대의 예술과 문학은 독자와 관객에게 충격을 주는 방법으로 자신의 아름다움을 보여준다. 이러한 아름다움이야말로 가치 있는 '미적 아름다움'일 수 있다. 우리가 수준 높은 작품을 보았을 때 경험하는 미적인 감동이 바로 이런 것이다. 우리는 끊임없이 우리의 글이 상투적이고 감상적인 아름다움에 머물고 있지 않은지 되돌아보아야 한다. 의식적으로 비극적인 것을 포착하고자 노력해보자. 그리고 그곳으로부터 유발되는 충격의 어느 순간을 통해 미적 아름다움을 포착하도록 하자. 바로 그곳에 우리가 그토록 갈망하던 글쓰기의 실체와 진실이 담겨 있을 것이다.